オーシティ
負け犬探偵 羽田誠の憂鬱

木下半太

幻冬舎文庫

目次

オーシティの登場人物たち

羽田 誠	〝まともな探偵〟から足を洗い、現在は絵本探し専門の探偵をしているが、愛染の依頼で事件に巻き込まれる
愛染京太郎	刑事。闇の世界で恐れられ、〝死神〟と呼ばれている
茶谷新一	闇金の取り立て屋。通称〝耳切り茶谷〟
王小蘭	涅槃タウンにある売春宿《百足屋》の中国人娼婦。茶谷の女
キム	逃がし屋
殺し屋夫婦	拷問マニア
麦子	キムの娘。目が見えない
千代子	涅槃タウンにある売春宿《百足屋》の女将
万利男	千代子の弟。ホルモン屋の用心棒
サミー	インド人の男。数学の天才

オーシティ　負け犬探偵　羽田誠の憂鬱

プロローグ

冷たい。

茶谷（ちゃたに）新一は金玉の冷たさに目を覚ました。

暗く、黴（かび）臭い地下室――。たぶん、地下室だ。後頭部を殴られ気絶しているあいだに、ここに運ばれたらしい。

地下室の真ん中にテーブルがある。茶谷はその上に仰向けに寝かされていた。両手両足が動かない。革のベルトでしっかり固定されている。

どうやら、このテーブルは食事をするためではなく人間を磔（はりつけ）にするために使うようだ。

気がかりなのは全裸にされていることと、金玉のひんやりとした感覚である。

誰に拉致（らち）られたのかは容易に想像がつく。スキンヘッドで全身刺青（いれずみ）だらけの〝耳切り茶谷〟にこんな真似をする奴は、この街には一人しかいない。

チクショウ。俺の金玉はどうなってるんだ？

茶谷は首を折り、下半身を見た。金玉がどういう危機に晒されているのか確認したかったのだ。

クソッタレが。舌打ちが地下室に響く。縮れた陰毛と萎れたペニスしか見えない。

長い人生の中で、〝最悪の一日〟というものがある。茶谷にとって今日がその日だった。

朝、牛乳の賞味期限が切れていた。

レーズンを入れたコーンフレークと宮崎県名産の塩らっきょうを一粒食べるのが、朝の日課だ。茶谷の毎日は習慣に縛られている。潔癖症で神経質な性格のせいで何よりも習慣が崩れるのを恐れていた。四十五分のウォーキングのあと、熱いシャワーを浴び、新聞を読みながらコーンフレークと塩らっきょうを食べなければ、一日が始まらない。「精神を凌駕することのできるのは習慣という怪物だけなのだ」と言ったのは誰だったか。

思い出した。三島由紀夫だ。

とにかく日課をこなさなければイラついてしょうがないのだ。このまま仕事に行けば、切らなくてもいい耳まで切ってしまう。

コンビニへ買いに行くことにした。《牛乳を買う》と、三日前に手帳に書いたのに忘れていたなんて、我ながら信じられない。

マンションを出た瞬間、カラスに襲われた。真っ黒でデカい奴だ。「クエーッ」と高く鳴き、低空飛行で攻撃を仕掛けてきた。

茶谷は、のけ反った拍子によろめいて転び、シャワーを浴びたばかりで石鹸がほのかに香る身体でゴミ袋の山に突っ込んだ。腐った肉や魚や野菜の汁の臭いが全身を包む。

決めた。今日は全員の耳を切り落とす。そうでもしなきゃ、この怒りは収まらない。

茶谷の仕事は、闇金の取り立て屋だ。

数年前、この街は大きく変わった。幾つもの高級ホテルとカジノが建ち、世界中から金持ちと観光客と悪党が集まってきた。

ギャンブルにどっぷりと浸かったジャンキーたちは、利子のことなど微塵も考えず金を借りる。そこで必要になるのが、負債者にナメられない男だ。ジャンキーたちは揃いも揃って、「ないものはないねんからしゃーないやろ」と開き直る。

茶谷は奴らの耳を躊躇なく切り落とす。そうすれば、どんな屈強な男でも次の日には必ず返済する。強盗をしてでも金を用意する。もう片方の耳まで失いたくないからである。

負債者たちの耳を切りはじめてから自分がサディストだと知った。耳を切るときのシャクッと心地のいい音に、いつも股間が熱くなる。

茶谷は部屋に戻ってシャワーを浴び直し、半袖の赤いシャツを羽織った。仕事のときはいつも赤い服を着る。耳を切り落とすたびに返り血を浴びるからだ。

愛用のナイフをポケットに入れてマンションを出た瞬間に襲われた。

今度はカラスではなく、人間だった。

茶谷はひっくり返された亀のように首を伸ばし、地下室の中を見回した。

明かりは、入口近くの壁に掛けられた小さなランタンが一つだけ。そんなに広くはない。コンクリートの壁は所々で剥がれている。階段が見えた。古いビルの地下だろうか。

部屋の隅には、殺風景な室内に不似合いな高級オーディオセットが置いてあった。アンプはマニアックな真空管式らしい。その横に赤いシャツが落ちている。ジーンズやトランクス、スニーカーもある。すべて茶谷の物だ。

二十歳でこの業界に入った。それから八年、数々の修羅場を潜ってきた。ナイフで刺されたこともあるし銃で脅されたこともある。

どんな相手にも退かないしビビらない。そのつもりだった……。

足音が聞こえた。誰かが階段を降りてくる。

茶谷は渾身の力を込めてもがいた。革のベルトが皮膚に食い込むばかりで、どうにもならない。

殺される。

いや、今から現れる相手が茶谷の想像している男だったら、殺すことすらしてくれない。

足音が止まった。一瞬にして、ぬめりとした空気が部屋の中を支配する。

茶谷は天井を眺め、ゴクリと唾を飲み込んだ。

これは未体験の悪のオーラだ。所詮、自分は小物なんだと一瞬で悟らされた。

「恐怖って、何やろうな？」

男が、ゆらりと茶谷の視界に入ってきた。

やっぱり……。絶望感にうちのめされる。

白いパナマ帽。ウェーブがかかった長い髪。高級な生地を使った白いスーツ。

この街の死神、愛染京太郎だ。

「真の恐怖って、一体、何やろうな?」

「あああ、あい、ぞぞぞ、ぞめ」

口が震えてうまく言葉が出ない。奥歯がガチガチと鳴ってしまう。

「借金がとめどなく増える恐怖もあれば」

「あいあいあいぞめさん、たたすけ」

「耳を切り落とされる恐怖もある」

愛染京太郎の伝説を耳にしたのは一度や二度ではない。悪の化身だと言う者もいれば、心酔した目でカリスマだと語る者もいる。

「た、たすけて」

「茶谷。お前は何が怖い?」

愛染が右手でパナマ帽を取った。

草食動物のような優しい目が現れる。薄い眉。女のように透き通った白い肌。街中の悪党を怯えさせている男は、近くで見ると驚くほど優男だった。

愛染の左手に手鏡が握られている。

「これは怖いか」

手鏡の中に茶谷の股間の様子が映った。

なぜ金玉が冷たかったのか、謎が解けた。答えは茶谷の股間の下に万力が仕込まれていたからだ。

「拷問のために特別作らせたテーブルや」

金玉がぴたりと万力に挟み込まれている。回転レバーをあと数回も回せば、金玉は完全に潰れてしまう。

『アイツに近づいたらアカン』

借金を取り立てたチンピラの言葉を思い出した。

『愛染という名前が聞こえただけでもダッシュで逃げたほうがええど』

そのヤクザは、右腕が肩の先から無かった。愛染と揉めて落とされたのだ。

「苦痛には限界があるが、恐怖に限界はないらしい。試してみよか」

愛染が真空管アンプのスイッチを押した。オレンジの明かりが静かに灯り、しばらくして馬鹿デカいスピーカーから聞いたことのある曲が流れてくる。

女性ボーカルが、イエスタデイ・ワンスモアと歌っている。

……カーペンターズだ。

なぜ、この曲をかける？　儀式的にかけているのか。

何にせよ、カーペンターズを聞きながら金玉を潰されるなんて洒落にならない。

「いつ聞いてもいい曲やな」

愛染がサビをハミングしながら近づいてくる。

恐怖が洪水のように全身を襲う。確かに恐怖に限りはない。

「待ってください！　俺がこんなことをされる理由を教えてください！」茶谷は背中を弓なりに反らせて絶叫した。

「お前が人の耳を切って恐怖を与えてたからや」

「えっ……それで、どうして愛染さんが？」

「だって俺は刑事やからな」愛染が万力のレバーを握りグイッと回す。

股間の下で、プチトマトを奥歯で嚙んだような音がした。

「がぎゃあああああ」

ほ、本当に金玉を潰しやがった。下半身からせり上がってくる激痛に気を失いそうになる。

「こ……殺してやるからな……」茶谷は涙を流しながら愛染を睨んだ。去勢された屈辱に全身がブルブルと震える。

「ぜひ殺してくれや」愛染が満面の笑みを浮かべた。「そのときは俺に真の恐怖を与えるのを忘れるなよ」

第1章　負け犬探偵

1

　別れた妻はカップラーメンが大好きだった。

「日本人が発明したものの中で二番目にすごいものがカップラーメンだと思う」

　お湯を沸かしながら、別れた妻はいつも同じセリフを言った。

「一番目は何だよ」

「ウォシュレットよ」

　一番目の答えはその日によって違う。前に訊いたときは〝回転寿司〟だった。でも、二番目のカップラーメンは不動なのだ。

「じゃあ、カップラーメンができるまで時間をあげるから」別れた妻は、カップラーメンにお湯を注ぎながら、これまたお決まりのセリフを言う。「私を愛してる理由を並べて」

「三分間ずっとだよね？」

　別れた妻は嬉しそうに頷く。

　この儀式にいい加減うんざりしていた。もちろん顔には出さなかったが、別れた妻はときに少女のようにわがままになる。

三分間は長い。苦痛にも等しい時間だ。必死で考え、彼女が喜びそうな理由を捻りだした。もし、三分間言い続けなければ、別れた妻は豹変してわめき散らす。

愛してる理由なんか一つしかない。だけど、それで、許してくれるはずもない。〝愛してる〟からだ。

覚悟を決めて、愛している理由を並べた。

「君は俺がどれだけ遠くに離れていても、ずっと見ていてくれる。俺は君の視線を感じながら幸せに身を震わせるんだ。君は魔法使いさ。指一本で、俺を生かすも殺すも自由自在なのさ」

別れた妻は、歯が浮きそうに甘い言葉を聞きながら、うっとりと微笑んだ。

「人生の中で、三分間ぐらいは素敵な時間があってもいいでしょ」

「ビューティフル」

外国人観光客が頭の上で呟いた。デジカメで戎橋の《グリコの像》を撮りまくっている。カウボーイハットを被った中年の白人親父だ。

「ガッデム！」

中年カウボーイが、ふいに転ぶ。

羽田誠はタキシード姿で、シャンパンの瓶を抱いたまま戎橋に寝転がっていた。顔中、ゲロだらけだ。中年カウボーイがつまずいたのは羽田の足だった。

今さっき、泥酔から目覚めたばかりだ。カジノで大負けをしてのヤケ酒。この街では、珍しい光景ではない。ちなみにシャンパンは、ブラックジャックのテーブルで隣に座っていたアラブ人が奢ってくれた。奴は大勝ちし、ブロンドと黒人の娼婦を両手に抱えてカジノの上にあるホテルへと消えていった。今頃はスイートルームで鼾をかいて寝ているだろう。

中年カウボーイが顔を真っ赤にして、「ファック！」だの「シット！」だのと怒鳴り散らしていたが、羽田は無視して起き上がった。頭が痛くて割れそうだ。安いシャンパンほどたちの悪いものはない。アラブ人もどうせ奢ってくれるなら、まともな酒にして欲しかった。

タキシードのポケットをまさぐる。タバコも金もない。携帯電話も見当たらない。最悪だ。寝ている間に盗まれたか……いや、カジノだ。《大黒グランド》のクロークに預けたままにしていたのを、大敗のショックで忘れていた。

クソッ。金もないのにカジノに戻るのかよ。

羽田はヨロヨロと歩きだした。半日近く、コンクリートの橋の上で眠っていたせいで、全身の関節が軋む。

戎橋を渡り、巨大なアーケードをくぐる。金曜の夜の《道頓堀ストリート》は、欲望を剝き出しにした観光客たちでごった返している。アーケード全体を覆うスクリーンに巨大なカニが現れた。《かに道楽》のコマーシャルだ。《道頓堀ストリート》は、ラスベガスのフリーモント通りのパクリで、三百万個の電球と数十台の高性能スピーカーを駆使し、歩行者の頭上で光と音のアトラクションが繰り広げられる。

ラスベガスのパクリはこれだけではない。道頓堀川の噴水ショーもある。BGMによって、噴水が生き物のように動く。曲のジャンルはクラシックから流行のJポップまで幅広い。もちろん一番人気は『六甲おろし』である。阪神タイガースが勝った日にだけ見ることができるアトラクションで、二千基のハイテク噴射装置が、黄色にライトアップされた噴水を力強く空に舞い上げる。けれど観光客たちは、噴水が目当てではない。興奮して暴徒化した阪神ファンが、噴水に飛び込む姿を見たいのだ。

この街は眠らない。どこのホテルのカジノも二十四時間、ぶっ通しで営業している。昼も夜も金の亡者が街中をうろつき、一攫千金を夢見ては堕ちていく。

七年前。大阪市は負債が膨れ上がり、財政が完全に崩壊した。そこで、荒療治のカジノ導入。あっという間にラスベガスとマカオを抜いて、世界一のカジノタウンになった。道頓堀は三十億円をかけて《道頓堀ストリート》になり、グリコの看板はニューヨークの《自由の女神》のような巨大像《グリコの像》として生まれ変わった。両手と片足を上げた例のポーズでそびえ立っている。

カジノのおかげで世界中の金が集まり、〝日本一借金のある街〟が〝世界一夢のある街〟になった。ただ、凶悪犯罪の件数は、毎年うなぎ登りで記録を更新中だ。当初は、外国人観光客のために〝オオサカシティ〟と呼ばれていたが、ギャンブラーはみんな気が短い。いつの間にか省略されて、〝オーシティ〟となった。

羽田はこの街で、絵本探偵をしている。ペット専門や浮気調査専門の探偵と同じだ。羽田は絵本しか探さない。三年前までは、行方不明になった人間を探すまともな探偵だったが、足を洗った。嫌気が差したのだ。失踪するからには何らかの理由がある。五人に一人は死体になっているし、たとえ生きていたとしても依頼人であるヤクザに引き渡さなければいけないことが大半で、その都度気分が滅入った。

ある日、羽田は自分の母親と変わらない年齢の女を探しだした。ヤクザが経営するキャバレーでジャズを歌っていたボーカリストだった。カジノで借金を作って金に困り、キャバレーの売上金を盗んで逃亡していた。

見つけ出したとき、女はマスカラが溶けた黒い涙を流しながら「この疫病神」と羽田を罵った。女をヤクザに引き渡した三日後、ラブホテルで女は死体になっていた。体からは致死量のドラッグが検出されたと聞いた。

それ以来、羽田は〝まともな探偵〟から足を洗うことを決意した。

《大黒グランド》の前に着いた。オーシティで、一、二を争う大型ホテルだ。客室は三千八百室。一階と地下一階がカジノになっている。ホテル前の大黒様の巨大オブジェは道頓堀の《グリコの像》と並んでオーシティの名物である。

「こんばんは。今夜もご機嫌な夜になりそうですね」

黒人ドアマンが羽田に笑顔を浮かべ、流暢な日本語で挨拶をしてきた。どのカジノでも、ドアマンには日本語が堪能な外国人を入口に立たせている。海外からの観光客が多いし、日本人を使うよりも見栄えがいいからだ。

羽田の顔についているゲロを見て、ドアマンから笑顔が消えた。「お前はダメだ。入るな」厳しい口調になる。

「忘れ物を取りに来ただけなんだよ」羽田は大げさに肩をすくめてみせた。「携帯電話だ。あれがないと仕事ができない」

本当は携帯電話が戻ってきたところで仕事はない。依頼は先月が一件で、今月はゼロという悲惨な状態だ。

「入るんじゃない」

ドアマンが羽田の腕をつかんだ。業務用冷蔵庫みたいに体がデカい。その気になれば、日本人の平均的身長の羽田くらい一瞬で捻り潰せるだろう。

「これで勘弁してくれよ」羽田はタキシードのポケットからデジタルカメラを出してウインクした。戎橋で中年カウボーイが落としたものだ。「この一見何の変哲もないカメラにはとんでもない秘密があるんだ。何だと思う？　これはＣＩＡのスパイが潜入捜査で使っていたカメラなんだよね。凄くないか。オーシティには観光客を装ったスパイがうじゃうじゃいるのは知ってるだろ。もちろんＣＩＡに興味がなければ、そのカメラを質屋に持っていけばいい。最新式だから言い値で買ってくれると思うぜ」

腕力のない羽田がこの街で生きていくには、口で相手を丸めこむテクニックが必要だ。

ドアマンが、しかめっ面で羽田の賄賂を受け取った。「まずトイレで顔を洗え。いいな」

賄賂を受け取るときの表情は世界共通だ。どの人種でも、必要以上に真面目な顔になる。ただし、鼻の穴が膨らんでいることに本人たちは気づいていない。

羽田は回転ドアをくぐり、《大黒グランド》に入った。

スロットマシンの電子音、ルーレットが回転し玉が転がる音、客たちの悲鳴と怒号、BGMのハードロック。色々な音が混ざり合い、カジノに活気を与えている。フロアには異様な熱気が充満していて、あきらかに酸素が薄い。

《大黒グランド》のカジノの内装は、和のテイストを加えたゴージャスなデザインで人気を博していた。テーマは『黄金の国ジパング』。壁や柱は金箔を貼りつけたようなゴールドで統一されている。まるで、黄金の城に迷いこんだみたいだ。ルーレットの数字は漢字。スロットの絵柄には忍者や芸者のイラストを使っている。スシバーのカウンターもあり、いつでも一流の職人が握る寿司を味わえた。

羽田は、まっすぐ男子トイレに向かい、洗面台で顔を洗った。鏡に映る自分の顔を見て、吐き気が復活した。ボサボサの髪に、伸び放題の無精髭。目の下のクマがひどい。頬もげっそりとこけている。

心なしか髪も薄くなってきた。まるでタキシードを着た落ち武者みたいだ。

いつから、こうなった？　ゲンナリした。わかってる。妻と別れてからだ。

羽田はもう一度、激しく顔を洗った。ふと足元に目をやる。スロットマシンのコインが一枚落ちていた。そのコインを拾い、男子トイレを出る。

大股で、スロットマシンのコーナーへと向かった。

勝てるわけがないのはわかっている。ただの運だめしだ。ここは〝世界一夢のある街〟なのだ。

心臓がトクトクと鼓動を速めた。アドレナリンが全身を駆けめぐっている。トイレで拾ったコインでこんなにも興奮するなんて、末期のギャンブル依存症もいいとこだ。

『あなたのいいところは自分を負け犬だと素直に認める潔さよね。うん。慰め甲斐がある』

別れた妻の言葉を思い出して、羽田は一人で笑った。

三年前、真夜中の食卓で、羽田は妻に絵本探偵になることを告げた。

「依頼の絵本を探し出す？」妻はわざとらしく鼻で笑い、ほうじ茶を啜った。「本屋で新しいのを買えばいいじゃない。そもそもなんで絵本なのよ」

「現物だから価値があるんだ。子供のころに読んでいた絵本を取り戻したいって人は結構いるんだってば。小さいころ、絵本に自分の名前や落書きを書いた覚えがあるだろ」

「まあね。私は『モチモチの木』が好きだったわ。父親のライターでイタズラして燃やしちゃったけど」寝ているところを起こされたせいか、妻は不機嫌だった。

「意外と絵本は捨てられないものなんだ。親戚の子供にあげたり、親にリサイクルに出されたり、図書館に寄付したものが、何十年後かに自分の元に戻ってきたら感動しないか」

実際に依頼人たちは涙ぐんで喜んでくれた。当然、こんな酔狂なことに金を出すのは金持ちだけで、バカ高い料金をふっかけても文句を言われたことはない。軌道にさえ乗ればおいしいビジネスなのだ。危険は無いし、何より「疫病神」と呼ばれることもない。

「いつまで続けるつもりなの」妻が哀れむような目で羽田を見た。

「そうだな……」先のことなど何も考えていなかったから、適当に答えることにした。

「俺が昔好きだった絵本が見つかるまでかな。『おおきなかぶ』って本知ってる？」

「知らない」

「大きなかぶをみんなで力をあわせて抜くんだ。〝うんとこしょ、どっこいしょ〟って掛け声をかけてね」

「だから知らないって」妻が深いため息をつく。

「俺、表紙のタイトルにマジックで書き足して『おおきなかぶとむし』にしちゃったんだ。母さんにむちゃくちゃ怒られたなぁ」懐かしさに胸が熱くなった。「子供のころの絵本が戻ってくれば誰だって嬉しい。こんな素敵な商売ないと思う」

妻はほうじ茶を飲むだけで、何も言わなかった。

その態度が気に食わなくて、羽田はつい余計な一言を発してしまった。

「君の昔の仕事よりマシだろ」

次の日、妻は家を出ていった。

2

携帯電話の着信音に叩き起こされた。

「うるせえな……」羽田は耳を塞ぎ、薄っぺらい枕に顔を埋めた。

臭い。加齢臭というやつだ。女っ気もなく、冷たいベッドに独り寝なんて、我ながら悲しくなる。

いつまで経っても携帯電話が鳴り止まない。こんなことなら《大黒グランド》のクロークに預けたままにしておけばよかった。

「寝かせてくれ」羽田は叫んだ。

隣の部屋からドンと壁を殴られた。古いマンションで壁が薄い。咳払いや、便所の水を流す音まで聞こえる。

アメリカ村のラブホテル街のど真ん中に、羽田が住んでいるマンションがある。大阪市の時代までは、〝アメ村〟と言えば若者の街だったが、オーシティになってからは外国人ギャングたちが流れ込み、一般人が気軽に立ち寄れないスラム街と化した。腐るほど乱立していた古着屋はことごとく閉店し、幾つものビルが廃墟となり、ジャンキーや娼婦たちの溜まり場となっている。

ゆえに、アメ村に残っているマンションの家賃はバカ安い。2LDKで三万円だ。借金まみれの羽田にはありがたいが、隣にドラッグの売人のジャマイカ人、その隣にはポン引きのメキシコ人が住んでいるので、とてもじゃないが快適な環境とは言い難い。

着信音がしつこい。

羽田は、ベッド脇の目覚まし時計を見た。午前二時三十五分――。こんな時間にかかってくるなんてロクでもない電話に決まっている。

立ち上がって携帯電話を探した。頭が痛い。今夜はしこたま飲んだ。芋焼酎の味のゲップが出る。トイレで拾ったコインで、奇跡的に勝ったのだ。と言っても、勝った額は一万円とちょっとで、居酒屋とスナックで消えてしまった。スナックはツケにしたから結果的にはマイナスだ。

ケータイはどこだ？　タキシードのポケットにはなかった。またもやタキシードのまま眠ってしまっていた。せっかくの一張羅が皺くちゃになっている。

着信音を辿り、床にしゃがみ込んだ。あった。ベッドの下だ。

「死ね」画面は見ず、電源を切った。これで、ようやくグッスリと眠ることができる。

ベッドにダイブしようとした瞬間、窓ガラスが割れた。

羽田は、慌てて身を伏せた。一瞬で全身から汗が噴き出す。

最初は石かと思った。ガソリンの臭いと、瓶の欠片と、カーテンが燃えているのを見て、何を投げ込まれたのかわかった。

火炎瓶だ。パニックで動けなかった。もちろん、自分の家に火炎瓶を投げ込まれたのは初めての経験だ。羽田の部屋は二階にある。酔っ払いか、シャブ中の悪戯だろうか。

クローゼットに火が燃え移った。羽田の持っているすべての服が勢いよく燃えていく。

「羽田誠」

道路から聞き覚えのある声がした。

頼む、夢であってくれ。

「十秒以内に降りてこんかい。これ以上、俺の時間を浪費すんなよ。お前の時間と俺の時間の価値が同じだと思うな。ダイヤモンドと鼻糞（はなくそ）ぐらい差があるねんぞ」

愛染（あいぞめ）京太郎だ。最悪にもほどがある。

羽田は、このまま焼け死のうかと本気で悩んだ。

「絵本探偵やと？　相変わらず人生をナメきった野郎やな」

愛染が、たこ焼きをサルサソースにつけながら露骨に鼻で笑った。別れた妻とまったく同じ反応だ。

羽田と愛染は、アメ村の居酒屋《アミーゴ》の一番奥のテーブルに座っていた。

《アミーゴ》は大阪市時代、たこ焼きがウリの《味穂》という店だった。一階の路面でたこ焼きを売り、狭い階段を上った二階が居酒屋スペースで、串（くし）カツやおでんも出して朝まで賑（にぎ）わっていた。特にたこ焼きは、ソースではなく出汁（だし）につけて食べる明石（あかし）焼きスタイルで数多くのファンがいた。しかし、オーシティになってから、《味穂》

が入っているビルがメキシコギャングに乗っ取られ、以来店名は《アミーゴ》に変わり、出汁もサルサソースになってしまった。串カツやおでんも、タコスやチリビーンズになった。ただ店内は、和食の内装のままなので思いっきり違和感がある。

愛染はお洒落なゲイに見えなくもない。パナマ帽といい、スーツといい、エナメルの靴といい、全身を白一色でキメている。肌までもが白い。どこかエレガントな空気さえ漂っている。地中海の避暑地から抜けだしてきたような出立ちだ。

ただ、氷のようなその視線で射すくめられると、喉元に鋭利な刃物を突きつけられたような錯覚に陥ってしまう。

美しすぎる死神だ……。

この街で生きていれば、誰でも愛染の噂を至るところで耳にする。

『愛染が白いスーツを真っ赤にしていた』

どれもこれも同じような目撃談だ。愛染はわざと返り血を浴びたままの姿で街を練り歩く。

羽田はコロナビールを呷って言った。「俺は、危ない仕事からは足を洗ったんです」

「で、絵本探偵か」

「物を探すのが俺の特技ですからね」

「絵本なんか探して何の意味があるんや。自己満足に浸りたいんか」

「人から喜ばれるんですよ」

愛染がカラカラと笑った。他のテーブルのメキシコ人たちがチラリとこっちを見る。午前三時というのに、店は満席だ。愛染と羽田以外は全員メキシコ人で、非常に落ち着かない。

「で、なんでタキシードを着てるねん。それが絵本探偵の正装か」愛染が羽田の服を見た。

怒りでブチギレそうだ。服も金も全部燃えてしまった。

「いつも火炎瓶を持ち歩いてるんですか」

「いや。お前が寝てるやろと思ったから目覚まし代わりや」愛染がフォークでたこ焼きを串刺しにし、羽田の顔の前に差しだした。「食えや」

「いりません」

「何でやねん」

「飲むときは、アテを食べない主義なんですよ。酒に集中したいんです」

「相変わらずヘンコやの」

愛染がせせら笑う。〝ヘンコ〟とは、大阪弁で「変な奴」という意味だ。

『あなたは大物にはなれない小心者のくせに、見栄っ張りで意地っ張りのカッコつけなの。だから愛してるのよね』

別れた妻の言葉を思い出す。そんな男を一瞬でも愛した妻は、さらに〝ヘンコ〟である。

「俺に何の用ですか」

愛染がたこ焼きを熱そうに頬張る。「探して欲しい物があるんや」

「今は絵本しか探さないことにしてるんです」羽田は話を聞く前に頭を下げた。

「どうせ、儲かってへんねやろ」

「失礼な。そこそこ儲かってますよ」

もちろん、嘘だ。このまま仕事がなければ、来月には部屋の電気やガスが停められてしまう。

「じゃあ、もっとまともな部屋に住まんかい」

「アメ村が好きなんですよ。道頓堀にも近くて便利だし」

これまた嘘だ。金さえあれば一刻も早く引っ越したい。

愛染がたこ焼きをワカモーレというアボカドのディップにゆっくりとつける。

「こないだ、茶谷の金玉を万力で潰した」

コロナを噴き出しそうになった。愛染が言うからには冗談ではない。

「あいつ、何かやらかしたんですか」

茶谷はかつて、羽田の一番のお得意様だった。借金をしたままトンズラした奴を、よく見つけ出してやったものだ。

「ある男の耳を切ったんや」

「いつものことじゃないですか」

〝耳切り茶谷〟は、愛染ほどではないが、この街では有名人だ。

「特別な男なわけよ。そいつの耳を探してんねん」

愛染がジョッキのウーロン茶を空にした。愛染はキャラに似合わず酒が飲めない。

「まさか……俺にその耳を探せと」

「期限は三日や」

「無理ですよ」

「誰に向かって〝無理〟って言っとんねん」愛染がわずかに目を細める。それだけで充分な威嚇だ。

「明日の朝イチで、田舎に帰って入院してる親父の見舞いにいかなきゃなんないんです。親父は肺ガンで余命半年を宣告されて落ち込んじゃって……しばらくは、オーシティを離れて親父の傍で過ごしてやろうかと」

苦しい嘘だ。愛染はピクリとも反応しない。もし、これが本当の話でも、愛染が同情することなどないが。

勝手に膝が震えだしてきた。昔、愛染が自分に逆らったチンピラを探しだしたところに居合わせたことがある。チンピラは羽田の目の前で車に轢かれた。車種はマッチョ志向の強い成金が愛するプチ装甲車、ハマー。運転席には装甲車に全然似合わない白スーツの愛染。愛染は、チンピラを轢いたあとに車庫入れでもするように平然とバックで轢き、もう一度前から轢いた。本当に刑事なのか？

「絶対に、三日以内に見つけ出せ。ええな」愛染が、たこ焼きのフォークで羽田の顔を指して念を押す。

「はい……」そう答えるしか道がない。「せめて、何か手掛かりはないですか」

「あったらお前に頼んでないわ。ギャラは弾むから気合を入れろ」

「幾らですか」

「ここの飲み代や」

「そんな」

「冗談に決まっとるやんけ」愛染がまたカラカラと笑った。「二百万や」

久々の大仕事だ。愛染は昔から、金払いだけはいい。

それにしても、なぜ茶谷が切った耳にそんな値がつくのだろう。何か裏にとんでもない儲け話があるに違いない。真相を聞きたいという欲求をグッと堪える。

余計な好奇心は捨てろ。命がいくつあっても足りない。

「細かいことは茶谷に訊け」

「金玉潰されたんでしょ」

「だからと言って死んだわけとちゃうやろ。今、中津の済生会病院に入院しとるわ」

愛染が伝票を握り締め、席を立とうとした。

「ちょっと、待ってください」

「何やねん」

一つだけ、どうしても訊いておかなくてはならないことがある。

「あの……もし、三日以内に耳を見つけ出せなかったら……」

「羽田」愛染がまっすぐに羽田の目を見た。怖いぐらいに穏やかな目をしている。

「お前は何が怖い？」

「はい？」そんな質問、咄嗟に答えることができない。なぜか、別れた妻の顔が浮かんで消えた。

「カーペンターズの妹は太っていることを気にしすぎて無謀なダイエットに励み、あげくの果てには拒食症で死んだ。他人からデブと思われることが何よりも怖かったんや」

「はあ」いきなり、カーペンターズの話をされても困る。

「三日の期限を守らなかったらお前の金玉も潰す」愛染がウインクをした。

訊くんじゃなかった。羽田は猛烈に後悔した。

別れた妻は金玉がなくなった元夫に何て言うだろう。この先、再会する可能性だってある。

『何も気にする必要ないんじゃない。私が愛したのはあなたの金玉じゃないんだから』

妻ならそう言うに違いない。

3

午前九時――。

羽田は済生会病院の駐車場に、愛車のクリーム色のフォルクスワーゲン・タイプ1

ロクナナを停めた。〝ビートル〟と呼ばれ、カブトムシのような形をしている車だ。一九六七年式特有の二重になっているバンパー〝ロクナナバンパー〟が気に入って去年購入した。中古で十五万円の超お買い得の値段だったのだが、たびたび機嫌が悪くなってエンジンがかからないときがある。

それにしても天気が悪い。羽田の運命を暗示するかのような曇り空だ。一服して車を降りようとしたが、タバコを切らしているのを忘れていた。

クソッ。舌打ち。続いて、溜め息。羽田は、《ホープ・スーパーライト》の空き箱をクシャリと丸めた。本当は、《ホープ》を吸いたいのだが、肺ガンが怖い。

昨夜は、ほとんど眠れなかった。万力で金玉をどうやって潰されるのだろうかと気になってしょうがなかったのだ。愛染は、人が恐怖する表情を見たい筋金入りの変態である。と考えれば、抵抗できないように手足を縛られた上で金玉に万力をジャストフィットさせられるというのが正解か。あれやこれやと考えているうちに朝が来てしまった。

せめて着替えたい。タキシードが汗くさくて我慢できない。

羽田は車を降りて、済生会病院の玄関へと急いだ。駐車場は青いテントの一団に取り囲まれていた。ホームレスだ。オーシティになってから、梅田や難波の繁華街で彼らを見ることは少なくなった。世界から訪れる観光客の目に触れないよう役所の人間に排除され、追いやられているからだ。

病院の玄関の自動ドアをくぐり抜けてロビーへと入った。消毒剤の臭いが鼻をつく。受付には、早くもじいさんとばあさんの行列ができていた。地獄の閻魔さんの前に整列する亡者のようだ。

並んでいる時間はない。こっちは金玉を人質に取られているのだ。

羽田は、行列を無視してカウンターの女性スタッフに声をかけた。

「入院している茶谷新一の部屋を知りたいんですけど」

「順番にお伺いしますので、ちゃんと列に並んでください」

赤くてデカい眼鏡をかけたトンボみたいな女が睨みつけてきた。自分がモテないことを逆恨みし、男を敵対視するタイプだ。

「急いでるんです」

「他の皆様もそうです」

「そこを何とかお願いできませんか」羽田は、カバンから一冊の文庫本を取り出した。

「宮沢賢治お好きですか。心が洗われますよ。特に『どんぐりと山猫』が僕のおすすめです。ぜひ読んでください」

「そんなもの貰(もら)っても……」

「自分勝手などんぐりたちのお話です。山猫は裁判官です」

「はあ」赤トンボが、面倒くさそうに相槌(あいづち)を打った。

「風刺が利(き)いてて愉快なんです。どんぐりが民衆で、山猫が無能な指導者として読みとれる。まるで現代の日本を予言しているかのようです。日本の医療制度に当てはめれば、どんぐりは、汗水流しながらも安い賃金で働く病院のスタッフ。山猫は、医療ミスが起きても責任を取ろうとしない経営陣とも言えるんです」羽田は赤トンボの左胸にかかる名札をチラリと見た。「いいですか、元木さん。あなたはどんぐりなんです。小粒だけども貴い存在なんです」

「何をわけのわからないことを言ってるんですか」赤トンボが動揺して、ずり下がったメガネをひとさし指で上げる。

「そう言わずに、たまの読書もいいもんですよ」羽田は強引に、赤トンボの手に文庫本を押し付けた。「受付とはいえ、病院勤務はハードワークです。なにせ人の命を預かってるんですから。そのストレスたるや想像を絶することでしょう。たまにはゆっくりと本でも読んで英気を養ってください」

「ちょ、ちょっと……何ですか、これ」赤トンボが、文庫本に挟まっている一万円を指した。

「しおりです。遠慮せずに使ってください」羽田はニッコリと笑顔を浮かべた。

「ちょうど、読みたい本がなかったの」赤トンボが、しかめっ面で文庫本を受け取る。

案の定、鼻の穴は膨らんでいる。

地獄の沙汰も金次第。オーシティにぴったりの言葉だ。

五年前、ヤクザに腕を折られて入院したことがある。

依頼された失踪人を見つけ出すことができず、腹いせに木刀で殴られた。

驚いたことに、妻は一度も見舞いに来なかった。新婚だったのにもかかわらず、だ。

退院して怒り心頭で家に帰ると、妻はソファでコーエン兄弟の初期の作品を観て涙ぐんでいた。

「ねえ、私、この女の人になりたい」妻は画面の女優を指した。

警官の制服姿のホリー・ハンターだった。

「どうしてそう思うんだ」羽田は怒るタイミングを失って訊いた。

「強いからよ」妻は、そう言ってティッシュでチンと鼻を擤んで振り返った。「おかえりなさい、あなた。ずっと待ってたわよ」

大富豪の赤ちゃんを盗んで育てようとする役のホリー・ハンターは、羽田には決して強い女には見えなかった。

反論しようとする羽田を、妻は両手を広げて抱きしめてくれた。

「見舞いに来なかったね」羽田は妻の胸に埋もれながら言った。甘い匂いがする。

「遠くからずっと見守っていたわ。『あなたの骨が無事にくっつきますように』って。だから大丈夫」

大丈夫かどうかは俺が決めることなんだけどな……まあいいか。

「私の前の仕事知ってるでしょ。離れたところから見守るのが得意なの」

羽田は妻の腕の中でコクリと頷いた。

久しぶりの妻のハグは、羽田の思考を麻痺させた。


茶谷は、六人部屋に入院していた。

「よう、元気か」

羽田は、カーテンの中を覗いた。パジャマ姿の茶谷がベッドに横になってテレビを観ている。古い映画だ。イヤホンをしているので羽田が来たことに気づいていない。

肩を叩いた。茶谷がビクリと反応して体を反転させる。

ナイフが、羽田の鼻先数ミリのところで止まった。

「なんだ、羽田かよ。驚かせるんじゃねえ」

茶谷の額に大粒の汗が噴き出している。

ああ、こりゃ、ダメだな。すぐにわかった。こいつは、もう〝耳切り茶谷〟じゃない。野獣のような目が消えている。完全に負け犬の目だ。この目では、借金取りは廃業しなければならないだろう。

「何しに来たんだよ」

茶谷がナイフを枕の下に隠す。いつか巡回の看護師を刺してしまうんじゃないかと心配だ。羽田ももう少しで鼻を落とされるところだった。

「愛染に大怪我を負わされたって噂を聞いてお見舞いにきたんだよ」

「金玉を潰されたって噂か」茶谷が自嘲の笑みを浮かべる。「タキシードまで着てご苦労なこった」

「タキシードのことは聞くな」羽田は、宮崎県産の塩らっきょうをサイドテーブルの上に置いた。「これ食ってくれ」

「厭味か。本当は心の中で、ザマァミロって思ってんだろ」

「まさか」

その通りだ。羽田は前からこのナイフを振り回す若僧が嫌いだったし、怖かった。羽田の人探しの依頼料も毎回ナイフを片手に値切られていた。

「心の中ではゲラゲラ笑ってんだろ？」

「そんなわけねえだろ。ところで何を観てんだよ」

強引に話題を変えた。これ以上、金玉の話を続けているとまたナイフが飛び出してきそうだ。

「チャップリンだよ」画面の中でチョビひげの男が、飛んだり跳ねたりしている。

「懐かしいな。子供のころ見たことがあるよ」

とりあえず、話を合わせた。羽田は映画が大嫌いである。邦画はアクションが地味で眠たくなるし、洋画は字幕を追うのに必死で頭が痛くなる。暇があれば、宮沢賢治ばかり読んでいる。宮沢賢治の世界は羽田にとって心地がいい。自然の描き方の感性が素晴しいとか、擬声語の使い方が独特のリズムを生み出しているとか、宮沢賢治を評する言葉は色々あるが、羽田は違った。宮沢賢治の目線は弱者を愛し、強者を憎んでいる。羽田とは逆の生き方だから憧れるのだ。強者に媚びへつらい、弱者を踏みつけないとオーシティでは生きていけない。

「チャップリンの中で、どの作品が一番好きだ」茶谷が訊いてきた。

「えっと、『モダン・タイムス』かな」そのタイトルしか出てこない。覚えてるのはチャップリンが巨大な歯車に巻き込まれるシーンだけだ。そもそも、チャップリンが嫌いだ。大富豪のくせに、ホームレスの演技で金を稼ぐなんて人をナメるにもほどがある。

「お前何もわかってねえな」茶谷が小馬鹿にしたように笑った。「チャップリンの最高傑作は『街の灯』だろうが」

「そうなのか」

茶谷が、溜め息を漏らす。「映画史上でも三本の指に入る名作中の名作だよ。このラストシーンを見ろ」

茶谷が、リモコンで画面を早送りしてからイヤホンを抜いた。

美しい音楽の中、美しい女が、ホームレスのチャップリンの手を握る。まさに〝歯が浮く〟シーン。現実なら、ホームレスにあれだけ近づいたら臭いで鼻がもげそうになるはずだ。

「ここだよ、ここ。このラストシーンを超える作品が今の世の中にあるか。映画はラストシーンがすべてなんだよ。ラストシーンが美しくない映画はカスだ。ゴミだ。羽田、この美しさを目に焼きつけろ」

茶谷が興奮して、捲し立てた。目が涙ぐんでいる。金玉を潰されて女々しくなったのだろうか。

羽田は仕方なしに画面を見た。不思議なことに、羽田の周りには映画好きの人間が多い。

「最高だろう。うん。最高だよな」茶谷がうっとりした顔で鼻水を啜りあげる。

のん気に映画鑑賞なんてしてる場合ではない。情報を聞きだすのが目的なのだ。

そのとき、隣のベッドからオナラの音が聞こえてきた。ブベベベベと大音量でなかなか鳴り止まない。

茶谷が、舌打ちをしてカーテンを睨む。「腸が悪いジジイが入院してるんだよ。一度、屁を放ったら五分は止まらねえ。ちくしょう。せっかくチャップリンを観てるのによお」

「それは、大変だな」羽田は太股を抓り、必死で笑いをこらえた。

「俺の人生は終わりだ」茶谷がメソメソと泣き出した。「金玉を潰された上に、毎日屁の音を聞かされてるんだぞ」

「何が理由で愛染と揉めたんだ」

「うるせえ、てめえには関係ねえだろ」茶谷が充血した目で羽田を睨みつける。

「王小蘭はどこにいる」羽田は、いきなり切り札を出した。今の茶谷に、出し惜しみは時間の無駄だ。

「何だと」茶谷がピタリと泣き止んだ。「誰の依頼だ？」

「《百足屋》の女将だよ」

本当のことは言わないほうがいい。依頼主が愛染だと知ったら口を閉ざしてしまう恐れがある。

茶谷がホッとしたのがわかった。

王小蘭は茶谷の女だ。中国人の娼婦で、《涅槃タウン》と呼ばれる娼婦街の売春宿《百足屋》にいる。茶谷が借金のカタに無理やり自分の女にしたのは、だいぶ前から知っていた。

茶谷が〝耳〟を預けるなら王小蘭だ。人から恨みを買いまくっている茶谷は誰も信じていない。

「アイツはもう俺の女じゃねえ。とっくの昔に別れたんだ」茶谷が投げやりに言った。

嘘をついているのが丸わかりだ。茶谷のようにプライドの高い男が自ら「女と別れた」と宣言するわけがない。もし、言うならば「俺が捨てた」のはずだ。どうやら本当のことを言うしかなさそうだ。

「じゃあ、殺されてもいいんだな」

「いいわけねえだろ」茶谷が、またナイフを出した。潰れた金玉の激しい痛みが響いたのか、顔を歪める。

「愛染が王小蘭の命を狙っている」

茶谷がガタガタと震えだした。「俺のせいだ……俺が……」

「どうして、愛染は王小蘭を追っているんだ？」

茶谷は、股間を押さえたまま答えようとはしない。

「茶谷、教えてくれ。情報がないと王小蘭を助けることができない」

「小蘭を助けてくれるのか」

「そのために探している」

助ける気など、更々ない。愛染の探している〝耳〟さえ見つかれば、王小蘭がどういう目に遭おうと知ったこっちゃない。

茶谷が、言おうかどうしようか迷っている。

「こうしてる間にも、愛染がオーシティ中を探し回ってるぞ」

「わかった。教えるよ」

ダメ押しが利いた。羽田は手帳とペンを出した。

「ここじゃ、マズい。屋上に行こう」

「大丈夫。オナラの音で誰にも聞こえない」

隣のオナラは徐々にボリュームが上がってきている。

「でも……」茶谷が口ごもる。

「一秒でも早いほうが、王小蘭が助かる確率は上がる」

茶谷が覚悟を決めたように頷き、声を潜めて話し出した。「一カ月ほど前、あるインド人の耳を切り落としたんだ」

「インド人？」

「堀江に住んでいる変人でよ。まだハタチそこらで賭け将棋にハマって、多額の借金を作ってしまったんだ」

オーシティになって色んな国の人間が集まってきているが、さすがに将棋をする外国人は珍しい。

「そのインド人は日本に何しに来たんだ」

「どうも留学生らしい。いつまで経っても金を返しやがらねえから右耳を切り落としてやったんだ。いつもなら耳はその場で捨てるか踏んづける。だが、持って帰ったんだ」

「なぜ？」

「親が金持ちじゃねえかと思ったからだよ。高級マンションに住んでるし、車はポルシェだ。靴も生意気に《ジョン・ロブ》を履いてやがる。誰だって大富豪の息子かと思うだろ」

「だったら、借金なんかしないだろ」

「甘いな。金持ちの親でも厳しいのはいる。仕送りの金をギャンブルに使ったとバレたら、勘当されるかもしれないだろ。そうなってくると、親に言えず借金に走る。でも、元々、金銭感覚がおかしいガキだから歯止めが利かねえ」

「耳を人質にしたのか」

茶谷がニタリと笑った。「冷凍して保存しといてやるから、親に連絡しろと言ったんだ」

「親の代わりに、愛染が来たんだな」

「最悪だよ。一千万は引っぱれると思ったのに……。まさか、あのインド人のガキが愛染に泣きつくなんて予想外もいいとこだったぜ」

「その耳は、今、王小蘭が持ってるのか」

「持っているかどうかはわからねえ。預かってくれって言って渡しただけだから、どこかに隠しているかもしれないな。知ってたら、金玉を潰される前にゲロってるよ」

「どんな耳だったか詳しく教えてくれ」

「どこにでもあるような普通の耳だよ。色んな耳を切り落としてきたけど、どれも同じようなもんだよ。違いがあったとしても耳たぶがデカいくらいだな」

「耳は何色だ」

「薄い茶色だ」

「他に特徴は？」

「ピアスがついてたな」

「どんなピアスだ」

「しつこいなお前。どこにでも売ってるようなプラスチックのやつだよ」

「形は？」

「星形。あんまり憶えてねえけど、銀色だったと思う。あのインド人のガキ、耳を切ったら内股でしゃがみこんでメソメソ泣きだしてたな」

「ありがとう」羽田は手帳を閉じた。これ以上、聞くことはない。

「何だよ、もういいのか」

「ああ。王小蘭を助けに行かないと」

「そうか……」茶谷が、寂しそうに口をへの字に結んだ。「おめえも金玉を潰されないように気をつけろよ」

「わかってる」

そうならないように、今、ここに来ているのだ。

「羽田は、どこの生まれだ」

「岐阜だ」

「俺は、宮崎だ。高千穂って知ってるか。いいとこだぞ。五ケ瀬川（ごかせ）の真名井の滝を見せてやりたいよ。綺麗（きれい）なんてもんじゃない。あそこは神様が降りてくる場所だ」茶谷がウットリと目を細めた。

「オーシティとは、大違いだな」

「この街には神も仏も近づかない」茶谷の目から光が消える。「所詮（しょせん）、俺の金玉は潰れる運命だったんだよ」

4

久しぶりに《涅槃タウン》に来た。

羽田は車を降り、辺りを見回した。昼前だというのに活気で満ち溢れている。世界中からスケベ心丸出しの男たちが集まってきたのだ。

光り輝く場所の裏には、必ず闇がある。

オーシティになってからの浄化運動で、観光地区に近い飛田新地はなくなった。あぶれた娼婦たちは、大阪市九条にあった松島新地に集まり、涅槃タウンを作った。西日本で一番の武闘派指定暴力団《鳴海会》が街を仕切り、警察もうかつには手を出せない。

さびれていた松島新地は生まれ変わり、男たちのディズニーランドになった。

ここには、ありとあらゆる女が集まっている。アジアン、白人、黒人、スパニッシュ、ロシアン、ラテンと世界中の女が男を誘う。

みなと通り沿いの神社の横に涅槃タウンの入口がある。カジノが固まっている梅田や難波からも、タクシーを使えば十五分もかからずに来れる便利な距離だ。

まず、入口でチケットを購入しなければ涅槃タウンの中に入ることはできない。一キロ四方の歓楽街を、金網のフェンスが囲んでいる。入場制限のためと、女を買わないで帰る見物客を防ぐためだ。

羽田はチケットを買って、ゲート前に並んだ。一斉に視線が羽田に集中する。タキシードを着ているのはもちろん羽田だけだ。

すげえな、こりゃ。

観光客の列から悶々とした性欲が漂っている。みんなやりたくてやりたくてしょうがないのだ。たぶん、ここにいる男のうち、冷静なのは羽田一人だけだろう。羽田は女に興味がない。妻と別れてから性欲がピタリと止まってしまったのである。夢精すらしなくなった。

別れた妻は性欲旺盛だった。セックスは、朝と夜にした。生理の日以外は毎日だ。妻のことをセックス中毒かと疑ったこともある。

性欲だけではなく、食欲と睡眠欲も人並み外れていた。イタリアンレストランでカルボナーラをおかわりする女は、別れた妻ぐらいだ。まるで、つけ麺でも食べるかのようにペロリと平らげる。

あと、どこでも寝ることができる女だ。特技と言ってもいい。電車やバスは当たり前、自転車の運転中に居眠りしてドブにはまったこともある。

別れた妻はエネルギーの塊だった。誰よりも喜怒哀楽が激しく、羽田を困らせた。だから妻のいない家は、静かすぎて困る。

ゲートを潜り、《涅槃タウン》の中に入った。まさに芋の子を洗うような賑わいだった。

あらゆる人種の男たちが鼻息荒く、そして、少年のようにはしゃいでいる。昭和のノスタルジックな雰囲気と、アジアの猥雑さが絶妙にミックスされた街並みだ。

町屋の玄関に、ピンクや紫の妖しい照明でライトアップされた女の子たちが笑顔で座っている。玄関先に客引きの婆さんがいて、女の子から観光客に話しかけることはできない。観光客は気に入った女の子を見つけたら、婆さんと値段や時間の交渉をするシステムになっている。

売春宿のほかに飲食店や屋台も充実していた。特に屋台は、《涅槃タウン》のもう一つの名物で、屋台だけを目当てにやってくる観光客も少なくない。人気は、本場の中国人や台湾人の料理人が腕を揮う点心の屋台だ。白人の団体が、水餃子、小籠包、焼売、ちまき、揚げパンをアテに、老酒で顔を赤くして陽気に騒いでいる。選りすぐりのいい女と、うまい飯に、酒。涅槃タウンは男の天国だと海外のメディアでも取り上げられていた。

　屋台からうまそうな焼き豚の匂(にお)いが漂ってきた。ビールと焼き豚。たまらない組み合わせに喉(のど)が鳴る。誘惑を振り切り、《百足屋》へと急いだ。

「疫病神(やくびょうがみ)が何の用や……」《百足屋》の客引き婆さんが羽田の顔を見てブツブツと呟(つぶや)いた。

　まともな探偵時代はよく涅槃タウンに来た。失踪(しっそう)した若い女は、大抵、この街に紛れ込んでいたからだ。どの売春宿の客引き婆さんも、羽田の顔は知っている。

「おばあちゃん、ちょっといい？」羽田はニッコリと微笑(ほほえ)んで近づいた。

「何や」婆さんが、羽田をジロリと睨(にら)んだ。小柄な婆さんだ。羽田の半分くらいしかない。顔中皺(しわ)だらけで右目がほとんど塞(ふさ)がっている。

「小蘭って子がここにいるよね」

　婆さんが、値踏みするように羽田の全身を見る。くの字に曲がった腰が今にも折れそうだ。

「そんな子、知らんな。店、間違えとんのちゃうか」

「この店であってるはずなんだけど」

「年のせいか、最近、物忘れがひどいねん」

「これで思い出してくれないかな」羽田は、タキシードのポケットから一万円札を出し、婆さんの鼻先にチラつかせた。

「ああ。小蘭ちゃんね、思い出したわ」婆さんが、カメレオンの舌のような動きで、一万円札を羽田の手から奪い取った。「おるよ」

涅槃タウンで働く人間は、口で丸め込む必要がないから楽だ。

羽田は、婆さんの横をすり抜け、《百足屋》へと入っていった。ライトを浴びて座っている女の子たちが驚いた顔で羽田を見る。

「小蘭ちゃんの部屋はどこ？」

一人の女の子が、階段の上を指す。

呼吸を整え、忍び足で階段を上る。不用意に部屋に近づけば逃げられてしまう。

階段を上りきる。廊下が暗い。淫靡なムードを出すためだろう。廊下の隅にあるロウソクの炎がわずかに揺れている。

襖で仕切られた部屋が、五つあった。女の喘ぎ声と男の呻き声が重なって聞こえてくる。

唐突に、一番奥の部屋の襖が開いた。

着物姿の女が一・五リットルのミネラルウォーターのペットボトルを持ちながら出てきた。着物は前がはだけ、黒い下着とガーターベルトが見えている。左胸の上に、ムカデの刺青があった。

おそらくこの女が小蘭だ。探偵のカンだ。探している女は、というか追われている女は、だいたい目を見ればわかる。

女は羽田に気づき、立ち止まった。

「和服にガーターはおかしいだろ。客の趣味か」羽田は女の緊張をほぐそうと、おどけたふうに訊いた。

女は答えることができず、ガタガタと震えだした。なぜ、羽田が自分に会いに来たのか全く理解できないという顔だ。肌を見る限り二十代だろうか。タレ目で唇が厚く、男好きのする顔だ。茶色に染めたショートカットの髪と右目の目尻にあるホクロが、夜の女の色気を醸し出している。

「わたし、なにもしてない」女が、片言の日本語で言った。

「わかってる。俺は警察じゃない。安心しろ。茶谷の友だちだ」

茶谷と聞いて、女が反応した。わずかに、表情から硬さが取れる。間違いない、小蘭だ。「ほんと?」

「ああ、本当だ。アイツから預かってるものがあるだろ」

小蘭が頷く。

「こっちよ」手招きをしながら、一番奥の部屋に入っていった。

よしっ。あっけなく終わりだ。これで、〝耳〟を愛染に渡せば、絵本探偵に戻れる。

羽田は意気込んで、小蘭の部屋の襖(ふすま)を開けた。

一・五リットルのペットボトルが飛んできて、羽田の眉間(みけん)に直撃した。目の奥でバチバチと火花が散る。

『ねえ、私って偉いと思わない？　あなたにいつかとんでもない災いが降りかかるのをわかってて結婚したのよ』

羽田は別れた妻の言葉を思い出しながら、あおむけにぶっ倒れた。鼻血が宙を舞う。

ほんの数秒、意識を失った。

しまった！　羽田は起き上がり、唖然(あぜん)とした。小蘭が消えている。

廊下に、着物だけが抜け殻のように脱ぎ捨てられていた。

羽田は、階段を駆け下り、《百足屋》を飛び出した。

5

どこだ？　どこだ？　どこだ？

逃げられたら愛染に金玉を潰されてしまう。全身からいやな汗が噴き出してきた。

クソッ。自分の詰めの甘さに、情けなくて泣きたくなる。

小蘭は下着姿のまま逃げている。表を走っていればかなり目立つはずだ。

斜めうしろから、男たちの歓声が上がった。口笛も聞こえる。

あっちだ！　羽田は、男たちが騒いでいる方向へと走った。

俺は一体、何やってんだ？　この街の人間を信じるなんてどうかしてる。まともな探偵をやっていたときなら、こんな初歩的なミスなんてしなかったはずなのに。

後悔しても、もう遅い。今は小蘭を捕らえることに集中しよう。

黒い下着が見えた。桃のような尻がプリプリと揺れている。小蘭が、内股で必死になって男たちの間を駆け抜けていく。まわりの男たちは何かのイベントかと勘違いして、小蘭に熱い声援を送った。

小蘭に近づくにつれ、羽田にも声援が向けられた。

「タキシードの兄ちゃん！　もう少しやぞ」「兄ちゃんもタキシード脱がんかい」

どいつもこいつも……。全員、ぶっ飛ばしてやりたい。

小蘭が酒場に逃げ込んだ。《名物　どて焼き》の看板をなぎ倒し、店の入口へと転がり込む。

よりによってあんな場所に……。羽田も倒された看板を飛び越え、酒場に入った。

ホルモンの匂いが鼻につく。ビールケースを積み重ねた上に板を乗せただけのテーブル。床は油でヌルヌルと滑る。男たちが飲んでいる酒も、ビールよりホッピーや焼酎が多い安酒場だ。店の壁にはメニューの他に、ヌードのカレンダーや演歌歌手のポスターが貼ってある。

小蘭が、カウンターの奥にあるドアを開けて入っていくのが見えた。ドアには、《関係者以外お断り》と貼り紙があった。

羽田がドアを開けようとすると、店の主人らしい男が前に立ち塞がった。鼻の下にたくわえた髭といい体型といい、木こりのような男だ。赤ら顔で顔中にひどいソバカスがある。

「残念だな。部外者はこのドアを開けることはできねえんだ」

木こりは太鼓腹を突き出し、羽田を追い返そうとした。羽田よりも身長はかなり低い。

「小蘭に用がある」羽田は肩で息をしながら言った。久しぶりに全力疾走したのだ。どうしても息が切れてしまう。

「残念だな。小蘭はお前に用はねえ」

　どうやら、小蘭はこの店の常連のようだ。

「そこをどいてくれ」羽田は、苛つきを抑えて言った。ようやく、呼吸が整ってくる。

「残念だな。オレはどかねえ」

　二人のやりとりを見守っていた客たちが笑い声をあげる。

　よく見ると、木こりの腕は筋肉で盛り上がっている。首も太い。肌の色がやけに白く、目も青みがかっている。ロシアの血が入っているのか。小柄だがパワーはありそうだ。実際、腕力でトラブルを解決できなければ、涅槃タウンで酒場の主人は勤まらない。そして、やっかいなことに、このタイプには口先だけの言葉や賄賂は効かない。

　クソッタレめ。強行突破しかねえか。

　羽田は暴力が苦手だ。正しくはオーシティに来てから苦手になった。地元の岐阜では拳で解決できたことも、ここではまったく通用しない。

　昔、別れた妻とのデート中、強盗に襲われたことがある。

　しかも、ミナミの繁華街のど真ん中でだ。

　超人気店のお好み焼き屋に妻と並んでいたら、前にいた鼻ピアスの男に「金を出せ」と脅されたのだ。

羽田は混乱した。一緒に並んでいた男が突然強盗になったからだ。

「これ以上は待てないんだよ」鼻ピアスの男がナイフを出した。「だからと言ってこのまま帰るのも悔しいだろ？　時間を無駄にすることが一番ムカつくとは思わないか」

たしかに長蛇の列だった。一時間近くは待っていたが、まだまだお好み焼きにはありつけそうになかった。

「で、どうしてこの人なの」妻が、鼻ピアスに訊いた。

「こいつの顔が一番ムカつくからだ」

「じゃあ、仕方ないわね」妻はハンドバッグから財布を出し、あっさりと鼻ピアスに渡した。「あなたも出しなさいよ」

「う、うん」羽田も財布を渡した。

他の人たちは顔色も変えずに並んでいる。当たり前だが、誰も助けようとはしてくれない。

鼻ピアスが逃げたあと、羽田と妻も列から離れた。金がなければ並んでも無意味だ。

「俺のこと情けない男だと思ってる？」羽田は妻に訊いた。

「どうして？」

「……だって、戦おうともしなかっただろ」

「戦うために並んでたわけじゃないでしょ」妻が羽田の手を握った。「戦うのはまた今度でいいじゃない」

羽田はカウンターに置いてあるウイスキーのボトルを取った。

木こりの顔色が変わる。「よせ。その酒は高えんだ。武器にするならウオッカにしろ」

「そこをどけ」

羽田はウイスキーのボトルを振り上げた。

「いいか」木こりは羽田に向かって人差し指を立てた。「もし、そのボトルが割れて一滴でも酒がこぼれたら、オレはお前を半殺しにしなくちゃならねえ」

客たちが歓声をあげた。酒のつまみに喧嘩が観たいのだ。

「心配なのは半殺しで済むかどうかだ。オレはそんなに器用な人間じゃねえ」木こりが、汚れたショートエプロンを外した。

たったそれだけの動作でも腕の筋肉がボコボコと動く。

羽田は膀胱が縮こまり、小便を漏らしそうになったが引き下がるわけにはいかない。

金玉の命運がかかっているのだ。

「何事なの！」

地下から、とんでもない大声が響いてきた。

木こりの顔が引きつる。店の中が水を打ったように静まりかえった。

「小蘭に用があるって男が来てるんだ」木こりが、怯えながらも地下に向かって叫んだ。

「降りてきな」野太い女の声。一度聞いたら忘れられない声だ。

木こりが肩をすくめて、羽田の前から体をどけた。

羽田はカウンターの奥のドアを開け、階段を降りた。下水の臭いにむせそうになる。

階段の下にもう一枚ドアがあった。念のため、ノックをしてみる。

「入っておいで。鍵は開いてるよ」

地響きのような大声から、優しく温かいトーンに変わっている。

「あらま。久しぶりじゃない。まだ生きてたんだ」

部屋の中央に、《百足屋》の女将の千代子がいた。見るからにうさん臭い男三人と麻雀卓を囲んでいる。部屋中に徹マン連中特有の体臭が充満していた。

麻雀卓のサイドテーブルに、札束が積んである。ぱっと見ただけで数百万はありそうだ。

　小蘭の姿は見当たらなかった。羽田が入ってきたドア以外に出入り口はない。

「このとおりピンピンしてるよ」

「どうしたのそんな恰好して？　パーティーでも抜け出してきたのかしら」

「タキシードのことは聞くな」

　千代子は一筋縄ではいかない。この涅槃タウンで男たちを手玉に取ってきた強者だ。

「噂を聞かなくなったからてっきり死んだと思ってたわ」千代子が、麻雀牌から目を離さず言った。

　千代子は恐ろしく太っている。ゆうに百キロ以上はあるだろう。銀のスパンコールをまぶしたドレスに身を包み、金髪のカツラを被っている。ドラアグクイーンのような厚化粧だ。まつ毛が異様に長く、肌は白い。首にムカデの刺青がある。小蘭と同じ絵だ。

「どうして、こんなところにいるんだ？」

「ここは、私の弟の店なの。最近オープンしたばっかり。弟と会うの初めてね」

　さっきの木こりのことだ。千代子の目もうっすらと青い。

「ウイスキーの瓶で頭をカチ割るとこだったよ」

千代子がクスリと笑った。「仲良くしてあげてね。名前はマリオよ。数字の万に利益の利と男と書いて〝万利男〟。ずっと刑務所に入ってたから、友だちがいない」

千代子に弟がいることは、大昔に聞かされたことがある。ただ、そのときは「行方知れず」と言ってただけで、刑務所にいたというのは初耳だ。

「奴は何をして刑務所に入ったんだ」

「殺しよ。十五年前に五人の男を素手で殺した」

「理由は？」

「知らないわ。本人に聞きなさいよ」

聞けるわけがない。ウイスキーボトルなんかで殴らなくて本当に良かった。ただ、安心してもいられない。関わりたくない人間がまた一人増えたのだ。

万利男。愛染に続く超要注意人物だとインプットしておこう。

山から千代子が牌を引いてくる。「たまには麻雀に付き合ってよ」

「ギャンブルはやめた」

本当は大好きだが、やめたことにしておく。今はギャンブルを楽しんでいる余裕はない。

「あら、残念。楽しいのに。麻雀は人生そのものよ。ツイているときもあれば、ツイていないときもある。かといってツイているときに勝てるのかといえば、そうでもない。こう見えて、奥が深いんだから」千代子が太い指で牌を卓上に叩きつけた。「リーチよ」

麻雀卓の男たちが悲鳴をあげた。

「ほんま、勘弁してくれや」バーコード状に禿げた中年男が、ブツブツと文句を言いながら自分の牌を切る。

千代子の番が回ってきた。山から牌を取り、にんまりと笑う。

「ありがたいねぇ。またツモっちゃったよ」千代子が手牌を倒した。「緑一色。役満だ」

「おかしいやろ」バーコード男が牌を壁に投げつけた。

「何だい？　随分と人聞きの悪いことを言うじゃないか。《百足屋》の千代子が、イカサマしたとでも？」

「ありえへんやろ。今日だけで三回目の役満やぞ」

バーコード男は蟹のような顔をしていた。肌が真っ黒に焼けている。日焼けというよりは酒焼けの黒さだ。おそらく、アルコールで肝臓をやられているのだろう。身長は低いが、いかり肩で力は強そうに見える。黄色いポロシャツにツータックのスラックス。金色のネックレスとブレスレットが成金趣味を際立たせていた。

「まあまあ、キムさん。そう興奮せんと」他の男が、なだめようとする。

「確率的に言ってありえへんわい。この女のところばっかり、ええ牌が集まってくるやないか」キムと呼ばれた男が、千代子を指した。

「確率で麻雀の勝敗が決まるわけないことぐらいわかってるでしょ。何年、ギャンブルやってるわけ」千代子が挑発的に言い返す。「運の流れを摑んだ者の勝ちなの。アンタはツキに見放されたのよ」

キムの顔が怒りで真っ赤になった。

「千代子さんよ。いくらなんでもツキすぎとちゃうか」

「日頃の行いがいいもの。それに、私には強い味方がついているの。かわいい女神たちがね」

女神とは《百足屋》で働く娼婦のことだ。千代子は《百足屋》の娼婦たちのことを娘同然にかわいがり、守っている。娼婦たちも千代子を母親代わりに愛し、忠誠を誓う意味で全員ムカデの刺青を入れるのだ。

キムが立ち上がった。「スッカラカンや。ケツの毛まで抜かれてもうた。帰るわ」

「負け分は、ちゃんと払ってよ。今の役満でキムさんは四百五十二万円の負けね。二万はまけてあげる」

「シャレにならんのう」キムがセカンドバッグから札束を出し、サイドテーブルの上に投げる。

「五十万足りないわ」

「ツケにしてくれや」

千代子は一歩も退(ひ)かない。「だめ。耳を揃(そろ)えて払ってよ」

「いつもツケてくれるやんけ」キムが泣きそうになった。

《涅槃タウン》では、誰も千代子には逆らえない。

「キムさんが頑張ってくれるなら、チャラにしてあげてもいいわよ」

「頑張るって何をやねん」

「私のお願いを聞いて欲しいの」千代子が、わざと甘えた声を出した。

　キムが、ゾクリと身を震わせる。「千代子ママの頼みかいな……恐ろしいのう。何をすればええねん」

　千代子が、サイドテーブルの上にあった札束をすべてキムの前に置いた。「小蘭を逃がしてやってちょうだい」

「……逃がすって、何からや」キムがチラリと羽田を見て、千代子の後ろの壁を見た。

あそこか？　あの壁が隠し扉になっていて、小蘭を逃がしたのか。

「愛染京太郎よ」

キムの瞼が痙攣する。蟹のような顔がみるみる強張った。「キツい冗談はやめてくれ」

千代子は、どうして愛染が小蘭を追っていることを知っているんだ。

茶谷だ。俺がここに来る前に連絡を入れたに違いない。

「《逃がし屋》がキムさんのお仕事でしょ？」

「そやけど……」キムが札束を凝視しながらモゴモゴと口ごもる。

こいつが《逃がし屋キム》か。初めて顔を拝んだ。

厄介なことになってきた。《逃がし屋キム》が絡むとややこしくなる。キムが匿ったターゲットには近づくことさえもできないらしい。まさか、こんな形で対決することになろうとは。

「まだ足りない？」千代子が、部屋の隅の金庫から出してきた新しい札束を山に加えて、さらにキムに向かって押した。

「相手があの化け物やからな」

「このお金は前金よ。小蘭を逃がすことができれば、同じ額をプラスするわ」

キムの喉がゴクリと鳴った。わかり易い男だ。

「キムさんは麻雀の腕は二流だけど《逃がし屋》としては超一流なんでしょ」

「まだ、引き受けるとは言ってへんで」

「問題点は何？」

「あまりにもリスクが大き過ぎるがな。わしかって命が惜しい」

「私の頼みを断るの？」

キムの顔が歪む。「愛染も恐ろしいが、《百足屋》の女将も怒らせたくない。どっちも地獄やな」

「この街をどこだと思ってんだい？　泣く子も黙る、オーシティだよ。どうせ、周りには鬼しかいないんだ。生き残りたいなら腹をくくるしかないだろ」

キムが、観念したかのように、天井を仰いで目を閉じた。

「わかった。けど条件がある」

「何よ？」

「わしにボディーガードつけてくれ。失敗したときに愛染から守って欲しいんや」

「あらっ。それならお安い御用よ」千代子が上を指した。「ちょうど優秀な子がカウンターにいるじゃない」

キムが眉間に皺を寄せる。「……万利男か」

「大丈夫。私の言うことなら何でも聞くわ」

「よしっ。ほんなら引き受けよ」キムが覚悟を決めた。

「よかった」千代子が羽田を見て笑った。

キムが部屋を出ようとして、振り返った。

「千代子ママ、このタキシードの兄ちゃんは何者や」

「ちょっと前まではオーシティでも三本の指に入る探偵だったの。逃げる相手をハンターみたいに追いかけて捕まえるのが得意なのよね？」

羽田は何も答えなかった。

「なるほどな」キムが酒臭い顔を近づけて、舐めるように羽田を見た。「お手柔らかに頼むで」

最悪だ。顔を覚えられた。これで小蘭を追いかけるのがさらに不利になる。

キムが肩をいからせながらガニ股で階段を上がっていった。

「アンタたち上で飲んできなさいよ」千代子が胸の谷間から一万円札を数枚出した。

「運はお裾分けしなくちゃ」

「いつも悪いねえ」

キム以外の男たちも立ち上がり、嬉しそうに階段を上がっていく。部屋に残っているのは羽田と千代子の二人だ。

どうする？　強引に千代子を押しのけて、隠し扉を探すか？

……できるわけがない。そんなことをしたら弟が降りてきて、ここで殺されてしまう。それに、唯一守っている自分のルールとして、女には手を出さないことに決めている。小蘭を見失ってからだいぶ時間が経った。すでに遠くへと逃げているはずだ。

「ゴメンなさい。話の途中だったわね」千代子が優しい笑みを浮かべて訊いた。「あなた、いつまで絵本探偵みたいなロマンティックな仕事をするつもりなの」

答えに詰まる。二人の間の時間が止まったような気がした。昔からそうだ。千代子の前だと、自分を覆う殻が剝がされるような気持ちになり、口数が少なくなる。

「わからない。俺が納得するまでだ」

「そう言うと思った」千代子は笑顔を作ってはいるが目は笑っていない。「小蘭は逃げきるわよ」

「でも……追わなきゃダメなんだ。三日以内に小蘭を見つけないと俺の金玉が潰されてしまう」

「いいんじゃない？　タマナシの絵本探偵ってキャラ立ちしてるわよ」

千代子が、丸太のような足を組んだ。ドレスの裾から白い太ももがあらわになる。

この女……何か隠している。

「もしかすると〝耳〟のことを知ってるのか」

「何の耳？」千代子が、わざとらしく片方の眉を上げた。

「愛染が探している〝耳〟のことだよ」

「アナタ、そんなもの探してるの？　絵本とはだいぶギャップがあるわね。昔、デビッド・リンチの映画で、切り取られた耳の話がなかった？　あれ、タイトル何だったかしら」

「とぼけるな」羽田は真顔で言った。「これは俺の勘だが、小蘭が隠し持っている耳には、とんでもない秘密が隠されてるんじゃないのか」

「想像だけでペラペラと喋らない方がいいかもね。命がいくつあっても足りないわよ」

千代子は笑顔を崩さない。どこまでも肝の据わった女だ。

「いつでも遊びに来てちょうだい。麻雀なら大歓迎よ。それ以外ならお断り」

「……帰るよ」

「小蘭を見つけることはできないと思うけど、もし見つけたら……」千代子の顔から初めて笑顔が消えた。「あの子を守ってあげてね」

守る？　この俺が？　「無理だ」と言いたいが、ここは嘘（うそ）をつこう。千代子も嘘でいいからこの言葉を聞きたいはずだ。

「約束するよ」

千代子の顔に再び笑顔が戻った。

帰ろうとする羽田を千代子が呼び止めた。

「ちょっと待って。占いしてあげる」

「占いなんてできるのか」

「よく当たるって評判なんだから」

千代子が、太い指で麻雀牌（パイ）をジャラジャラとかき混ぜる。

「麻雀牌を使うのかよ」

「そうよ。伏せてる牌を三つ引いてみて」

羽田は、適当に卓から拾った。

《白（ハク）》、《發（ハツ）》、《中（チュン）》と、偶然にも三元牌が並ぶ。千代子の顔が曇った。「やだ。超不吉じゃない」

「や、やめろよ」

「三元牌のことを英語では《ドラゴン・タイルズ》、〝龍の牌〟って言うの。龍は悪い運のことよ」

羽田は泣きそうな声で言った。「縁起でもないこと言うなよ」

「キチンと小蘭を守ってくれたら、私がアナタを守ってあげる」

「どうやって?」

千代子がウインクをするように、片目を閉じた。「知ってるでしょ。私には遠くを見渡せる千里眼があるのよ」

6

早速、千代子の占いが当たった。

「動いたらあかんで」

愛車のフォルクスワーゲン・タイプ1ロクナナの運転席――。羽田は後頭部に銃を突きつけられていた。涅槃タウンから出て、次の聞き込みへと移動しようとした矢先だった。

後部座席に二つの影が見える。中年の男と女だ。バックミラー越しに、中年の女の方が挨拶をしてきた。

「羽田さんでっか」

「はい。そうです」相手が銃を持っているときは素直に答えるようにしている。

「エンジンをかけて、ゆっくり車を発進させてくれまっか」

コテコテの大阪弁。バックミラーなのでよく見えないが、丸メガネをかけて、紫色の髪にどぎついパーマをかけている。上着はヒョウ柄のTシャツ。どこにでもいるような大阪のおばちゃんだ。老けたシャム猫のような顔をしている。

中年男は黙ったまま、銃を構えている。スミス&ウェッソンのチーフスペシャル。小型で弾詰まりのない通好みの銃だ。とにかく顔がデカい男で、髪が短く威圧感があるが、どこかぼうっとした顔つきをしている。眠たそうなモアイ像みたいだ。

羽田は言われたとおりに、滑らかにフォルクスワーゲン・タイプ1ロクナナをスタートさせた。銃の引き金にモアイの指がかかっている。どう見ても、繊細な男には見えない。荒い運転をしたら、撃つ気がなくても弾を発射されそうだ。

「どこに行けばいいんですか？」

シャムがマシンガンのような口調で捲し立てはじめた。「そやね。やっぱり静かなところがええね。どこにしようかしら？　今日はごっつい蒸し暑いし、喫茶店で〝冷コー〃でも飲みながら涼みたいとこやけど、そうもいかんわね。ほんまはどこに行くか聞きたい？　教えたるわ。南港に行って。このまま南港通りに出てまっすぐ走ってや。わかってると思うけど下手なマネしたらアカンよ。ワタシらこう見えても身軽やさかい、アンタを撃ち殺して運転手がいなくなっても車から飛び降りたらええんやからね。猫みたいにクルッて背中丸めて無傷のまま着地したるわ。ウチで猫飼うてるし、要領もわかってるからね。チーちゃんていう雑種の白い猫やねんけど、どんだけ高いところから落としてもハシッと立つんよ。あれを真似すれば大丈夫や」

羽田はあまりの早口に唖然として、答えることができなかった。

「何やの、その目は？　できへんと思ってんの？　やってみるか。撃ったろか。どタマに風穴開けて向こう側が見えるようにしたろか。たとえ、百キロのスピード出されても、無傷で飛び降りれるんやで。なんでか、聞きたい？　ワタシ、学生の頃、ずっと体操選手やったし、この人はスタントマンやったからね。この人、今は、こんなボーッとした感じやけどバイクで火のついたバスを五台飛び越えたこともあるんやからね」

「四台やがな……」モアイがボソリと呟く。

「四台も五台も変わらへんやないの。今、お兄ちゃんを脅してる途中やねんから一台ぐらい増やした方が効果的やろ。そんなこともわからへんのかいな。アンタ、何年、殺し屋やってんのよ。正直ものはアホを見るって何回言うたらわかんのよ。アンタ、こないだもうどん屋でキツネうどん頼んだのに肉うどんがきたとき、『これ、頼んだものとちゃいますよ』て言うたやろ。肉うどんのほうが二百円も高いんやから黙ったらええやんか」

目眩がした。こいつら殺し屋なのか。一体、誰に雇われた？　殺し屋と海にドライブなんて冗談じゃない。

シャムがモアイにダメ出しを続ける。

「アンタが情けないから、ギャラがいっこも上がらへんのよ。ホンマ情けないわ。誰に対してもペコペコしてからに。こないだも道間違えたタクシーの運ちゃんに『こっちの説明が下手やった』って謝ったやろ。あんなもん、向こうが悪いねんから殺したったらよかったんよ。そんなんやから、いつまで経っても貧乏なんよ」

モアイは、目をショボつかせるだけで、何も言い返さない。

「子供の大学のお金どうすんのよ。三人とも東京の私立に行きたいって言うてるで。仕送りもせなアカンし。アンタが、シャキッとしてくれな話にならへんがな。こないだも焼肉屋行ったとき、子供らのほうが気ぃつかって、お肉を全部〝並〟で注文しとったがな。ライスも小やったし。可哀想とは思わんの」

……この二人は夫婦なのか。

「シャキッとしてるがな……」モアイが泣きそうになっている。

「どこがやの。シャキッとの言葉の意味知っとんのか。サッと茹でたモヤシみたいな状態のことやで。アンタのどこがモヤシなんよ。おでんの底に残っとったチクワみたいな顔してからに」

「誰がチクワやねん」

「チクワでしょうが。頭の中空っぽやし、ぴったりの比喩やんか。ワタシ、近所では比喩名人の奥さんて呼ばれてんねんから。アンタは黙って銃を構えとったらええの。ホンマ、使いもんにならへんわ。靴下脱いだら脱ぎっぱなし、食べたら食べっぱなし、殺したら殺しっぱなし」

「今言わんでもええがな」

「今言わんでいつ言うのよ」

なんだ、こいつら？ ターゲットの前で、夫婦漫才をする殺し屋なんて聞いたことがない。しかも、全然笑えない。

「お兄ちゃん、何チンタラ走ってんの。さっさと南港行ってや。明日、子供のお弁当作らなアカンから朝早いのよ」

シャムの怒りの矛先が、羽田に向けられた。

アクセルを踏み、速度を上げる。過去にも何度か拉致されたことはあるが、こんなにも緊張感がないのは初めてだ。

ただ、隙はない。モアイの銃口はブレていないし、シャムはずっと右手を下ろしたままだ。バックミラーでは確認できないが、何か武器を持っているに違いない。

誰だ？　誰が俺を殺そうとしている？　尾行されていたことにも、まったく気づかなかった。探偵時代に買った恨みが原因にしては、このタイミングは出来すぎている。

もちろん、こいつらの雇い主は愛染ではない。愛染は、殺し屋に金を払うぐらいなら自分で殺しにくるやつだ。そんなまどろっこしいことはしない。それに、今回は自分が愛染の依頼で動いているのだ。

考えられる答えはひとつ……。

〝耳〟を狙っている人間が他にもいるということだ。

南港のコンテナ埠頭に着いた。

まだ、昼の三時だ。作業服を着た人間がチラホラいて、ひとまずホッとする。いくらなんでも、この状況で銃をぶっ放しはしないだろう。

羽田は殺し屋夫婦の一メートル前を歩かされた。

「早よ帰らな商店街のお惣菜屋が閉まってまうがな……」シャムが、ブツブツと文句を言う。車の中でもずっと喋り続けていた。羽田が夫なら、とっくに撃ち殺している。

作業員が、すぐ横を通った。「助けてください」と思わず喉まで出かかる。

真後ろを歩くモアイの殺気がそれを許さない。スミス&ウェッソンのチーフスペシャルは、小型のリボルバーで隠し持つには最適の銃だ。相変わらずニブそうな表情のまま、モアイはいつでも羽田の背中を撃てるようにズボンのポケットの中で銃を握っている。

「このコンテナや」

シャムが、鍵を出し、青いコンテナの扉を開けた。

「お兄ちゃん、入って」

中は、暗い。地獄の入口のようだ。足がすくんで前に進めない。

「早よ、入らんかい」

モアイが羽田の耳元でドスの効いた声を出す。背中に硬い物が当たった。

モアイのチンコか？　な、わけないだろう。

「わかりましたよ。入りますから、その物騒なものをしまってくださいよ」

羽田は泣きそうになりながら、コンテナへと足を踏み入れた。むわっとした空気が全身を包む。まさにサウナ状態だ。

羽田に続いて、夫婦たちも入ってきた。扉が閉められる。

「あの……何も見えないんですけど」

闇。早くも汗が、全身から噴き出す。

「もしもし？」

返事がない。すぐ近くにいるとわかっていても不安が押し寄せる。

ベリベリベリという音が聞こえてきた。

「な、何の音ですか」

「ビニールテープや」シャムが言った。暗すぎて方向さえもわからない。

「そ、そのビニールテープで何をするんですかね」

「お兄ちゃんの想像通りや」

「俺、想像力が乏しいんです。よ、よかったら教えていただけませんか」

また沈黙。息苦しい。いやが上にも想像力が豊かになってしまう。

もし、ビニールテープで口を塞がれ、手足をグルグル巻きに縛られたら、どうする？　この闇とこの暑さの中で、一体、どれぐらい正気を保てるのだろうか。

「どや、イメージできた？　このコンテナが何て呼ばれてるか聞きたい？」シャムがクスリと笑い声を漏らす。「干物の部屋や」

モアイも、クックックッと咳き込むように笑い出した。

「お父ちゃん、今まで何人干物にしてきたか教えたって」

「二人や」

「違うやろ」シャムがモアイの後頭部を叩いた音がした。「なんで正直に言うのよ。せめて五人ぐらいに増やしたら、このお兄ちゃんがもっとビビるやろ」

「……すまん」モアイがしょぼんと答えた。

「く、狂ってる……」恐怖のあまり、叫び声を上げそうだ。

「そやねん。ウチら夫婦、ドSやねん」

明かりが点いた。眩しさに目を細める。コンテナの天井に豆電球がぶら下がっていた。モアイが、扉の横のスイッチを入れたのだ。

「ドS同士やから、夫婦生活はうまくいかへんと思った？　お兄ちゃんエロいなあ。もしかして、兄ちゃん、むっつりスケベかいな。でも残念でした。ウチら夫婦の相性はバッチリやねん。殺しの依頼が入ると、こうやって、色んな拷問を試せるから、楽しくて楽しくて。なぁ、お父ちゃん？」

　モアイが頷く。夫婦は二人とも汗まみれだ。濡れた二つの顔が、豆電球に照らされてテカテカと光っている。

「今年のヒットは、〝干物部屋〟やけど、季節によってバリエーションがあるのよ。聞きたい？」

「いえ、結構です」

「遠慮せんでもええがな。もし気に入った拷問があれば、そっちに変更してもええんやで。どの拷問もよくできてるから、ウチら夫婦の興奮度は変わらんし。お父ちゃん、どれがいい？」

「そやな。〝目玉焼き〟はどうや」

「どんな拷問か聞きたいやろ。バーナーで目ん玉だけ焼くねん。ジュッと溶けるんよ」シャムが、羽田の目を指した。「右目、左目、どっちから溶かして欲しい？　どんなマッチョなタフガイでも、片目を溶かされたらペラペラと白状するねん」

「久しぶりに、〝大根おろし〟もええな」モアイがウキウキとした顔で言った。

「これも聞きたいやろ。おろし器で全身の皮膚を削り落とすんよ。血だらけになるから、あと片付け大変やねんけどね」

「わかった」羽田は、両手をあげて、降参した。「何でも喋る。聞きたいことは何だ?」

「無理して喋らんでええんやで、時間はたっぷりあるんやから」

「お願いだ。喋らしてくれ。頼む。この通りだ」羽田は、膝をつき、土下座をした。

「なんやの? えらいギブアップすんのが早いがな。せっかく拷問できると思ったのに。人の楽しみを奪うなんていけずやんか」シャムが心の底から残念そうに言った。

「で、お兄ちゃん、何を探してんの? 茶谷に会いに病院に行ったり、《百足屋》の女将に会いに涅槃タウンに行ったり、ちょこまかと走り回ってるやないの」

「〝耳〟だ。茶谷が切り落としたインド人の耳を探している」

「依頼人は誰よ」

一瞬、嘘をつこうかと思ったがやめた。もしバレたら、あとが怖い。今は、このピンチから抜け出すことが先決だ。

「愛染京太郎だ」

夫婦が、ニタニタと笑っていた顔を急に引っこめた。真顔になって顔を見合わす。

「お父ちゃん、どないしょ。藪を突いて蛇を出してもうたわ」

「この仕事降りた方が、ええんとちゃうか」モアイが、急に弱気になった。

シャムも引きつった顔をしている。「今さら降りるわけにはいかんやろ。どうりで、ギャラがええと思ったわ」

やはり、オーシティでは、《愛染京太郎》の名前には絶大な効果がある。

「俺に何かあったら愛染が黙ってませんよ」

羽田は土下座をやめ、胡坐をかいた。ここが勝負だ。干物になんかされてたまるか。

「どうしたんよ、お兄ちゃん。えらい急に強気になって。ウチら夫婦が愛染にビビるとでも思ってんの」

ビビってるのは間違いない。モアイは、しきりに目をしばしばとさせている。

「そっちの目的も〝耳〟を手に入れることなんでしょう」

羽田がそう言うと、シャムが厭味たらしく笑う。「何でアンタなんかに教えなアカンのよ」

「あの〝耳〟に、一体、どれほどの価値があるんですか」

「アンタ、それも知らずに探してんの」シャムが呆れたように言った。

「明後日までに見つけないと殺されてしまいますからね」

万力で金玉を潰されるとは言わなかった。夫婦の拷問レパートリーをこれ以上増やしたくない。

「愛染と競争やね」

シャムがビニールテープを床に捨てた。どうやら干物にはされずに済みそうだ。

「お父ちゃん、ヤドカリカプセルちょうだい」

「アレを使うんか」モアイが目を丸くする。

「愛染に先を越されるわけにはいかへんからね」

「わかった」モアイが、ウエストポーチを開け、飲み薬のようなカプセルを取り出した。

「お兄ちゃん、お水なくてもお薬飲める人?」

「飲める人ですけど……何の薬ですか」

「いいから、いいから、口を開けて」シャムが、カプセルを指で摘まんで、羽田の口元まで持ってくる。

得体の知れない薬なんて、飲めるわけがない。羽田は口を固く一文字に結んだ。

「飲みたくないの」

羽田は、激しく頭を縦に振った。

「じゃあ、しゃあないね。タキシードの干物になってもらおうか」シャムがビニールテープを拾おうとする。

「……飲みます」搾り出すように言った。「飲めばいいんでしょ……」

　薬のほうがまだ助かる可能性がある。

「えらい。やっぱり男は決断力やね」

　羽田は、シャムからカプセルを受け取った。「本当に助かるんでしょうね」

「お兄ちゃんが頑張ればね」

「つべこべ言わずに、早よ飲まんかい」モアイが銃口を向けてきた。

「はいはい。飲みますよ」

　羽田はヤケクソになって、カプセルを口に入れた。喉が渇いているせいでなかなか飲み込めない。舌を使い気合で喉の奥にカプセルを押し込んだ。

「アーンして」シャムが口の中を入念にチェックする。

「ヤドカリカプセルって何ですか。飲んだんだから教えてくださいよ」

「寄生虫や」シャムが、あっけらかんと言った。「遺伝子操作されて、凶暴になった寄生虫がカプセルの中に入ってんねん。四十八時間は大人しくしてくれてるから大丈夫。それまでに〝耳〟を見つけたら、虫下しと交換してあげる。頑張るんやで」

「……四十八時間経ったらどうなるんですか」

「聞きたい？」シャムがニタリと笑う。「腸を食い荒らしながら、ものすごい勢いで成長するねん。人間の腕ぐらいの大きさまで育つんよ。すごいでしょ」

「……そんな大きなものが腹の中に？」

「ずっとお腹にはおらへんよ。最後は肛門を突き破って出てくるの。拷問のために、CIAが作り出した極秘の虫さんなんよ。アメリカ人は恐ろしいことを考えるね」

気絶しそうだ。とんでもない物を飲んでしまった。

「ほんじゃあ、お茶でも行こうか。口の中に指突っ込まれて、せっかく飲んだお薬を吐き出されたらかなんからな。高いお薬やねんから、それだけは勘弁してや。一時間もあれば、カプセルは溶けるやろ。そこからは、寄生虫が腸の壁にへばり付くから、どんだけ吐こうが下剤を飲もうが意味ないからね。お父ちゃん、もし、お兄ちゃんがお薬を吐き出したら、どんなお仕置きをしようかいね」

「耳の穴に熱々の油を垂らそうか」

「それええね。さすが、お父ちゃん。拷問だけは冴えてるわ」シャムが、呆然としている羽田の頬をピタピタと叩いた。「何をボーッとしてんの？　ドトールで冷たいコーヒー奢ったるさかい、茹でたてのモヤシみたいにシャキッとしいや」

ふと、妻にプロポーズをしたときの返事を思い出す。

『結婚してもいいけど私に何も期待しないでね。私もあなたに何も期待しないから。

そのままのあなたが好きなの。絶対に頑張らないでね。裏目に出るから』

妻が家を出ていったわけが、なんとなくわかった気がする。

夫たるもの、妻の言葉に耳を貸さなければいけない。夫を愛する妻の言葉が、何よりも客観的で的を射ている。それこそが真実だ。

悟ったところでもう遅い。俺の人生はいつもそうだ。真実に気がついたときには、大切なものを失っている。絵本に出てくる〝悪いおじいさん〟のように必ず裏目に出てしまい、絶対に幸せにならない。

7

一時間後、解放された。

殺し屋の夫婦は弁天町からJR環状線に乗って、帰っていった。

残り時間は、四十七時間。明後日の午後四時までに、さっきのコンテナに〝耳〟を持っていかなくてはならない。

クソがあ……こんな仕事、受けるんじゃなかった。

羽田は、信号待ちの車内で髪を掻(か)きむしって絶叫した。隣の車のドライバーが、驚いて、こっちを見る。若い女だ。

「見てんじゃねえ！　ぶっ殺すぞ！」

若い女が、慌てて目を逸らした。

完全な八つ当たりだ。

たとえ〝耳〟が見つかったとしても、愛染に渡せば、寄生虫に肛門を食い破られる。殺し屋夫婦に渡せば金玉を潰される。

究極の選択じゃねえか。カレー味のウンコとウンコ味のカレーどころの騒ぎじゃねえぞ。

弱気になるな。神経を集中させろ。プレッシャーを跳ね返せ。

生き残る道は必ずあるはずだ。

うしろから、けたたましいクラクションを鳴らされた。信号が青に変わっている。

頭が混乱する。クラクションに、こめかみの血管が切れそうになってきた。

まずは、〝耳〟を見つけろ。どのみち、〝耳〟がないことには話にならないのだ。

どこから探せばいい？　逃がし屋キムはどこにいる？　あと、四十七時間以内にキムを見つけ出すことなんて不可能だ。

諦めるな。他の奴から辿っていくしかない。

羽田は、アクセルを踏んだ。

〝耳〟が見つからないのなら、〝耳〟の元持ち主から攻めてやる。

午後五時半――。南堀江に着いた。

堀江は〝大阪市の時代〟はお洒落なカフェや服屋が並ぶ街だったが、オーシティになってからは中国人マフィアが幅を利かせている。カフェや服屋はすべて中華料理屋に変わり、ちょっとしたチャイナタウンに変貌した。耳を澄ませば、四方八方から中華鍋の音が聞こえる。

堀江公園の目の前に、耳を切り落とされたインド人、サミー・シャラマンのマンションがあった。大理石のロビーがピカピカに輝いている。新築だ。羽田のボロ部屋とは大違いだ。

タバコを吸いながら時間を潰す。ちょうど三本目を根元まで吸い終わったとき、エレベーターから住民が降りてきた。携帯電話を出し、電話をかけているフリをする。

「あ、俺、俺。今、マンションの下に着いたよ」

住民とすれ違い、自動ドアをくぐる。水商売風の女は自分の携帯電話の画面に夢中で羽田の顔を見ようともしなかった。

エレベーターで七階まで上がる。七〇三号室がサミーの部屋だ。

インターホンを押した。返事がない。もう一度、押しても同じだった。ドアに耳を当てて、中の様子を窺う。人がいる気配はない。

羽田は廊下を見渡し、素早くピッキングの道具を出した。愛車のフォルクスワーゲン・タイプ1ロクナナに常に積んである七つ道具。サムターン回し防止器具さえついてなければ、数分で開ける自信がある。探偵をやっていたときに身についた技だ。鍵屋に五十万近い金を払ってピッキングの道具を揃えたが、決して高くはない買い物だった。

羽田は指紋が残らないように手袋をはめ、鍵穴にピックを差し込んだ。

ん？　感触がおかしい。……鍵が開いている。

ゆっくりとドアを開けた。

「サミーさん？　いらっしゃいますか」

中を覗き込んだ。アジアンチックなお香の匂いが漂ってきた。スパイスのような香りもする。さすがインド人だ。

「サミーさん」少し大きな声で呼んでみたが、無反応だった。

鍵を掛け忘れて外出したのか？　それとも、寝ているのだろうか。

出直している時間はない。こっちは、「恐怖の大王」と「いかれた殺し屋夫婦」に狙われているのだ。

羽田は滑り込むようにして玄関に入った。《ドルチェ&ガッバーナ》のサンダルと《プラダ》のスニーカーが並んでいる。くつ箱の上に、象の置物と鮭をくわえた木彫りの熊があった。

じっとりと脇の下から汗が滲みだす。泥棒の真似事をするのは初めてではないが、緊張はする。このタイミングで帰ってこられたら言い訳もできない。

ん？　なんだ、これ？

ピカピカのフローリングの上に、足跡があった。部屋まで続いている。

先客だ。サミーではない誰かが中にいる。さっき、羽田が声をかけたことで、警戒しているはずだ。そして、泥棒に入るくらいだから危険な武器も持っているはずだ。

よしっ。逃げろ。「君子、危きに近寄らず」が、羽田のモットーだ。

羽田はドアノブを回し、動きを止めた。

待てよ。どうして、鍵が開いていたんだ？　泥棒の常識として〝仕事中〟は鍵を閉めるはずだ。羽田はいつも、いざというときは、ベランダから逃げられるように、チェーンロックまでかける。

先客は帰ったのだ。手がかりは残っていないかもしれない。

羽田は土足のまま三和土を上がった。廊下を走り抜け、リビングに入り、滑って転んで尾骶骨を打った。脳天にまで痛みが響いたが、その痛みもすぐにどこかにぶっ飛んでいった。

……嘘だろ？

血の海だった。パンツ一丁の男が、部屋の真ん中に仰向けで倒れている。インド人だ。凄まじい拷問が行われたことを全身が物語っている。右耳がない。

こいつが、サミー……。

逃げろ、逃げろ、逃げろ、逃げろ、逃げろ。頭の中で何度も叫ぶが、体が動いてくれない。

羽田は、大きく深呼吸をした。焦るな。ゆっくりと状況を把握しろ。

俺が殺したんじゃない。たまたま死んでいただけだ。立ち上がって、何気ない顔で部屋を出ていけばいい。何の問題もない。

立ち上がろうとして、フローリングに手をついた。ぬるりと滑る。

血だらけじゃねえか。まるで返り血を浴びたかのように、タキシードのパンツに血がついてしまった。このままマンションを出たら、一分で通報されてしまう。

そのとき、遠くから、今一番聞きたくない音が近づいてきた。

パトカーのサイレンだ。

捕まったら殺人犯にされてしまう。この血だらけの姿では、どんな弁解も通用しない。

「やっべえ」

羽田はバネ仕掛けの人形のように、飛び起きた。

サイレンが大きくなってきた。それに合わせて羽田のこめかみも激しく脈打つ。

無実なのに警察から追われる。そんな映画があったような……。クソッ、何でもいいから観ておけばよかった。こういう場合、どうやって逃げればいいのかわからない。

羽田は、バスルームに飛び込んだ。広い。バスタブには、大人がゆうに三人は入れそうだ。服を脱ぎ捨て、シャワーを出す。水が冷たいが気にしている場合ではない。

全身についた血を洗い流し、洗面台にあったバスタオルで体を拭いた。

サイレンが、かなり近い。心臓が、バクバクと鳴る。

寝室はどこだ？　羽田は、足に血がつかないように、慎重に部屋を移動した。

部屋が四つもある。４ＬＤＫかよ。リビングにあった家具も高級品ばかりだ。茶谷の言ってたとおり、金持ちのボンボンだ。

ベッドのある部屋が見つかった。大きなクローゼットを開けて、服を探した。

下着はどこだ？ 派手な毛皮のコートやピンクや紫のジャケットしかない。

黄色い革パンが見つかった。時間がない。下着をつけずに、そのまま穿(は)いた。キツい。明らかにサイズが小さい。腹を引っ込め、強引にパンツを上げた。ケツがプリッと持ち上がる。シャツも見つからない。真夏に、毛皮のコートやジャケットを羽織るのは不自然だ。

サイレンが、すぐそこまできた。やはりこのマンションに向かってきたのだ。

南無三(なむさん)。背に腹は代えられない。

羽田は紫のジャケットを羽織った。寝室にあった姿見で自分の姿をチェックする。ケツがプリプリして、ジャケットの下は裸。完全にとち狂っている。お洒落すぎるゲイという設定で押し通すしかない。

キッチンに戻り、ゴミ袋を探す。シンクの下の戸棚にあった。

サイレンが止まった。カーテンの隙間(すきま)から外を覗く。マンションの真下に、パトカーが二台停車している。

急げ。バスルームに戻り、脱いだ服や靴をゴミ袋に押し込む。羽田は、部屋から出ていく間際(まぎわ)、チラリとサミーの死体を見た。

かわいそうに。体中に無数の切り傷がある。よく見ると、顔の半分が火傷(やけど)でドロドロになっている。部屋の隅に、コンセントに刺さったままのアイロンがあった。

あれで顔を焼かれたのか？　惨(むご)い。惨すぎる。

犯人は、一体何の目的でサミーを拷問した？

答えはわかりきっている。〝耳〟の在(あ)り処(か)を聞き出そうとしたのだ。犯人にとっては人を殺すぐらい〝耳〟は貴重なものなのだ。

とんでもないことに巻き込まれてしまった。

《プラダ》のスニーカーを拝借し、部屋を出た。ゴミ袋を抱え、エレベーターへと走る。震えて、ボタンが上手(うま)く押せない。

階数の表示が点灯している。3、4、5……。この階に上がってきている。このままでは警官と鉢合わせしてしまう。

ゴミを捨てにいくゲイという設定でやり過ごせるか？

無理だ。羽田はエレベーターから離れ、非常階段へと向かった。足音が下から聞こえてくる。上の階に行くしかない。

羽田は階段を二段とばしで上がっていった。腹の肉が揺れる。運動不足がここにきて響いてきた。膝(ひざ)が笑い、肺が痛い。酸(す)っぱい液が口の中にせり上がってくる。立ち止まったら間違いなくゲロを吐いてしまう。

屋上に出た。夕焼けが空を染めている。

どこか、隠れる場所はないか？

貯水槽がポツンとあるだけだ。ガキのかくれんぼじゃあるまいし、いつまでもこんなところに身を隠すわけにもいかない。

マンションの裏にオフィスビルがあった。ちょうどこっちのマンションと同じぐらいの高さで、向こうの屋上も見える。

助かるには、あっちの屋上に跳び移るしかない。

心臓が口から飛び出しそうだ。高所恐怖症ではないが、十五階もの高さから落ちることを考えると足がすくんでしまう。

それでもやるしかない。〝耳〟が見つからなきゃ、どうせ死ぬんだ。

羽田は柵を乗り越え、オフィスビルへと近づいた。下を見ないように顔を固定する。向こうのビルとの距離は二メートル……いや、二メートル半か。決して跳べない距離ではない。

ゴミ袋を担ぎ上げ、オフィスビルへと投げる。ぼふんと無事に届いた。

次は自分の番だ。足の爪先が痛い。《プラダ》のスニーカーのサイズが合わないのだ。スニーカーを脱ぎ、投げた。両足ともゴミ袋の横を転がる。

裸足のほうが、踏ん張りが効く。助走はなしだ。

何も考えるな。悪いイメージを浮かべちゃダメだ。頭がアスファルトに叩きつけられて、スイカみたいに割れるなんて考えちゃ……だから考えるなって！

うんとこしょ、どっこいしょ。

『おおきなかぶ』の絵本を思い出す。毎晩、母さんが読んでくれた。

気分が驚くほど落ち着いた。

よしっ。今なら跳べる。

「どりゃあぁ」

羽田は雄叫びを上げ、屋上を蹴った。フワリと体が浮き、ビルの風に流される。しまった。テンパり過ぎて、ピチピチの革パンを穿いていたのを忘れていた。思ったよりもジャンプが低い。

「とどけええ」

余裕で届いた。着地した瞬間、ビリッとケツが破けた。勢いがつき過ぎて前方に転がり、肘を擦りむいてしまった。

「ぐうっ……」羽田は、肘を押さえて立ち上がった。痛がっている暇はない。一刻も早く、この場所から離れなければ。隣のマンションには警官がウジャウジャいるのだ。

「いってえ！」

左足の裏に激痛が走る。《プラダ》のスニーカーを拾おうとして、ガラスの破片を踏んでしまった。

何のガラスだよ……。

割れたビール瓶だ。よく見ると酒盛りの跡がある。

「オフィスビルじゃねえのかよ。サラリーマンが屋上で酒飲んでんじゃねえぞ。高校生かよ」

左足を上げ、突き刺さっている破片を抜いた。痛すぎて全身が震える。大きいのから小さいのまで、計五つも刺さっていた。破片を抜いた穴から血が溢れ出す。バンドエイドが欲しい。もちろん、そんな気の利いた物は持っていない。仕方なしに、そのままスニーカーを履いた。ゴミ袋も忘れない。血をたっぷりと吸い込んだタキシードが入っているのだ。

クソッ……。痛すぎて、まともに歩けない。

羽田は片足跳びでオフィスビルの非常階段を降り、最上階のフロアに出た。エレベーターのドアが閉まりかけている。

る。

「乗ります！」

羽田は、片足跳びでエレベーターに近づいた。乗っていたOLがドアを開けてくれ

「ありがとうございます」

乗り込んできた羽田を見てOLが絶句した。裸に紫のジャケット。ピチピチの黄色い革パンはケツが破れている。鏡がないのでどれほど自分の尻が露出しているかはわからないが、尻がスースーしている感じとOLの表情で、かなりむき出しになっていることがわかる。

「あの……ボク……変態とかじゃないんで安心してください」羽田はゴミ袋で尻を隠しながら一気にまくしたてた。「今日は人生最悪の日なんです。こんな恰好をしているのには深いわけがありまして……俺の親友が奥さんと別れたんですよ。それが、ベタなドラマも真っ青な展開でして、結婚式の当日に奥さんの元カレが教会に乱入してきたんです。どこかで聞いたことあるような話でしょ？　現実でもこんなことがあるんだって思っていたら、なんと奥さん、ウエディングドレスのまま、元カレと逃げちゃったんですよ。シャレにならないですよ。そりゃ、逃避行する二人は気持ちいいでしょうよ。まるで映画の主人公とヒロイン気取りでしょうよ。でもね、残された側は

最悪ですよ。俺の親友はすっかりふさぎこんじゃって、慰めようとしてわざとこんな変な恰好をして訪問したんです。そしたら、どうなったと思います？　『慰めてくれ』って言って俺に抱きついてきたんですよ。『前からお前のことが好きだったんだ』って。もう少しで、俺、親友に犯されるとこでした。どうです？　信じられます？」

ＯＬは身を固くしたまま、目も合わせようとしない。

エレベーターが、一階に着き、ドアが開いた。

「変態よぉぉ！」ＯＬが、叫びながら走り去っていった。

ロビーにいたサラリーマンや受付嬢たちが、一斉にエレベーターを振り返る。

「おいおいおいおいおい……」

警備員がこっちを向いた。柔道家とゴリラを足して二で割ったような大男だ。

「何をやってんだ！　お前！」

警備員がズンズンと大股(おおまた)でやってきた。ヤバい。

「いや……決してボクは変態ではないんです。さっき、彼女にも説明したんですけど、人生最悪の日なんですよ。結論から言うと無二の親友に犯されそうになったんです。ケツを掘られる恐怖は同じ男ならわかりますよね？」

警備員が羽田の奥襟をむんずと掴んだ。

ダメだ。この服装では何を言っても説得力はない。

羽田はゴミ袋に手をつっこみ、服で包んだアイロンを取り出した。さっきまでコンセントに刺さっていたからまだ熱いはずだ。

アイロンを警備員の首すじに当てる。

「アチッ！　アチッ！」警備員が首を押さえて、床を転げ回った。

「すいません！　すぐに皮膚科に行ってくださいね。決して自分で治療しないように。火傷にはアロエがいいっていうのは嘘ですよ。下手したらバイ菌が入って感染症になりますから」羽田は謝りながら、立ち上がろうとした警備員の股間を蹴り上げた。

「ぐむっ……」警備員が、前のめりに倒れる。

警官相手に使おうと思っていたアイロンが役に立った。

羽田は片足跳びでロビーを横切った。サラリーマンたちが慌てて道を空ける。美人の受付嬢が、羽田のむき出しのケツを見てクスリと笑った。

オフィスビルを出て、やっとの思いで愛車のフォルクスワーゲン・タイプ1ロクナナまで戻ってきた。足の痛みに歯を食いしばり、車のエンジンをかける。サミーのマンションから離れた場所に停めておいて助かった。

助手席に見覚えのない紙袋が置いてあった。

羽田は警戒しながら中を覗いた。

古い絵本が一冊入っていた。

表紙には《おおきなかぶとむし》と書かれていた。《とむし》は羽田がガキのころマジックで書き足した字だ。

クソッ……。目が滲んで運転ができねえじゃねえか。

別れた妻だ。

この絵本を探し出してくれたんだ……。

馬鹿じゃねえか。涙が次から次へと溢れ出た。

「お前、その恰好は何やねん？　シャブでもキメとんのか？」

アンラッキーは、まだ続いていた。一番会いたくない男が、助手席に乗ってきた。

羽田は慌てて紫のジャケットの袖で涙を拭った。

「で、どうやってん、インド人のガキの様子は？　耳を切られてヘコんどったんか」

愛染が、嬉しそうに笑う。

「死んでました」

「はあ？　ショックで自殺でもしたんか」

「殺されていたんです」

「何やと？」愛染が、ルームミラーを調節して後方を確認する。「運転しながら詳しく話を聞かせろや」

「……どこに行く気ですか？」

「道頓堀の《大黒グランド》へ行け」

「どうしてそんなとこに……」

昨夜、行ったばかりだ。まさか、今からカジノで遊ぶわけでもないだろう。

「情報が入った。キムと小蘭が今夜泊まるらしい」愛染がもう一度羽田をジロリと見た。「その前に服を買いに行かなアカンな」

第2章　用心棒

1

「そこをどけ」

タキシードの男がウイスキーのボトルを振り上げた。

「いいか」万利男(まりお)はタキシードの男に向かって人差し指を立てた。「もし、そのボトルが割れて一滴でも酒がこぼれたらオレはお前を半殺しにしなくちゃならねえ」

タキシードの男の手にある酒は《ロイヤルハウスホールド》。この店で一番高い酒だ。当然、ホルモン屋でこんな酒を注文する馬鹿(ばか)はいない。千代子専用のボトルだ。たとえ、この店にハリケーンが直撃しようとも守りぬかなきゃならない酒である。

血の気の多い客たちがタキシードの男に罵声(ばせい)を浴びせて煽(あお)る。全員が流血を観(み)たくてウズウズしているのだ。

万利男はエプロンを外しながら、タキシードの男を静かに脅した。

「心配なのは半殺しで済むかどうかだ。オレはそんなに器用な人間じゃねえ」

あきらかにタキシードの男が動揺した。へっぴり腰になっている。暴力に頼って生きている人種じゃないと一目でわかる。

「何事なの！」

地下から、千代子が叫んだ。相変わらずの大声だ。心臓の弱い老人なら即死しかねない。

客たちが黙った。大人しくホッピーを啜り、ホルモンをクチャクチャと嚙んでいる。誰も千代子には逆らえない。涅槃タウンを牛耳っている《鳴海会》でさえも。千代子の一言で娼婦たち全員が涅槃タウンから消えることもありうる。

「小蘭に用があるって男が来てるんだ」万利男は叫び返した。

「降りてきな」

万利男はドアの前からどいた。タキシードの男が勝ち誇った顔で横を通り抜けていく。

よく見ると、タキシードが皺くちゃで妙に汗くせえ。

何者か知らんがうさんくせえ奴だ。

万利男は十五年前、五人の男を殴り殺した。

武器は使っていない。今まで数えきれないほどの男をぶちのめしてきたが、一度も拳以外のものを使ったことはない。

五人の男は、初めから殺すつもりだった。

奴らが人として許されるラインを越えたからだ。奴らはもはや人間じゃない。獣だ。獣を殺すのに躊躇も後悔も必要ない。

拳の皮膚が裂け、骨が見えるまで殴り続けた。五人分の血と肉と脳味噌が拳にへばりついた。

あの日の万利男を誰も止めることはできなかった。神であろうが悪魔であろうが、じっと見守るしかなかった。

駆けつけた警官に背中を撃たれ、万利男はやっと殴るのをやめた。

逮捕されて裁判になったが、万利男は殺害の動機を一言も喋らなかった。

弁護士は匙を投げ、万利男は無期懲役の判決を受けた。死刑にならなかったのは死んだ男たちが札つきの悪党だったからだ。

十五年服役して今年の春、娑婆に出ることができた。《鳴海会》と組んで涅槃タウンを仕切っている千代子が、裏で手を回したのだ。

できることなら、刑務所の檻の中で死にたかった。

オーシティも涅槃タウンも、万利男にとってはどうでもいい。

蜃気楼と同じだ。目には見えているが摑み取ることのできない幻と変わらない。

「姉さんの頼みならしょうがねえな」

万利男は各テーブルから汚れた食器を下げながら言った。午後十一時。店は閉店していた。

「ありがとう万利男。お姉ちゃん思いで助かるわ」千代子はカウンターで《ロイヤルハウスホールド》をストレートで飲んでいる。

「中国人の女を何日間ガードすればいいんだ？」

「二日よ。偽造パスポートができるまでの時間。小蘭は密入国で日本にやって来たからパスポートを持ってないの」

王小蘭は二十一歳。中国の福建省出身。仕事を求めて景気のいいオーシティにやってきたらしい。そして、娼婦になる。若くて美しくて頭が弱い女のお決まりのパターンである。

十五年ぶりに娑婆に戻ったら、街には外国人が溢れていた。万利男の知っている〝大阪〟は微塵も残っていない。今でも、まるで違う国に来ているみたいな気持ちになる。

「この店はどうする？」

「そんなことは心配しなくてもいいの。お前のために作った店なんだから。閉めれば済む話よ」

「……そうだな」

煩わしい。

千代子には恩がある。だから何でも言うことを聞く。だが、千代子の愛情を受けるたびに胸が苦しくなって吐きそうになる。

「いざとなったら逃げるのよ。愛染とは戦わないで」

「逃げねえよ」

星の数ほど殴りあってきたが、相手が誰であろうと背中を見せたことはない。

愛染の噂は毎日酔っぱらいたちから聞かされている。オーシティの死神らしい。今日も、ある男が愛染に金玉を潰されたという噂が回っていた。

千代子が、わざとらしくため息をついた。「わかった。逃げなくてもいいから死なないでね」

「死ぬわけねえだろ」

「約束よ」千代子の目が涙ぐんでいる。酔っているのだ。

千代子は酔ってはすぐに泣く。二人の両親は死んでこの世にいない。家族は万利男と二人きりだ。

万利男が刑務所に入っている間、千代子は結婚したことがあるらしいが、その男は行方不明になっていると聞いた。千代子は前の夫のことを何も話してはくれないし、万利男も訊く気はない。

万利男は、カウンターに皿を置き、千代子の肩にそっと手を置いた。

カウンターの奥のドアを開け、地下へと降りる。

「もう出てきてもいいぞ。追っ手はいねえ」

万利男は、麻雀卓を持ち上げてずらした。床にマンホールほどの蓋がある。

蓋が開いて、憔悴しきった様子の小蘭が顔を出した。「あなた、にがしやさん？」

「違う。オレはお前の用心棒、万利男だ」


午前零時――。天神橋筋六丁目。

キムが、涅槃タウンのゲートまでタクシーで迎えに来て、そこから天神橋筋商店街の入口まで数分だった。

「まず、わしの家に寄ってもらうで」

キムがアーケードの下を歩いていく。万利男と小蘭も後ろからついて行った。

万利男は携帯で千代子に電話をかけ、「無事に着いた」と手短かに報告した。

商店街のシャッターはすべて閉まり、しんと静まりかえっている。

キムの話では、天神橋筋商店街は大阪市時代に日本一長い商店街として有名だったらしい。オーシティになって、「どうせなら世界一にしてやろう」ということで、南北に二・六キロだった長さを無理に五キロに延ばした。大阪人の商魂は凄まじいのか知らないが、なぜ、そんな意味のないことをやるのか、万利男はまったく理解できなかった。

万利男も大阪生まれ大阪育ちだが、ルーツはロシアだ。祖父がロシアンマフィアの幹部だった。祖父は組織の内部抗争で命を落とし、祖母が、まだ幼かった万利男の母親を連れて日本に逃げてきた。やがて、母親は日本人の男と結婚し、千代子と万利男を産んだ。

子供のころは目が青いというだけで、ひどく苛められた。近所中の子供たちが敵だった。ムカついた万利男は、意地でも大阪弁に染まらなかった。奴らと同じ言葉を喋りたくはない。大げさに言うと、すべての日本人を憎んでいた。

十三歳のとき初めて人を殴った。相手は顎の骨を折り、入院した。自分の腕力が並外れていることを知った瞬間だった。

その日から、気に入らない奴はすべて殴り倒した。


「ここがわしの家や」

キムが、《ぶてぃっく　木村》と看板がかかった店の前で足を止めた。

シャッターが半分ほど開いている。

「あけたままなの？　どろぼーくるよ」

ピンク色のジャージを着た小蘭が言った。下着姿だったので、途中、ドン・キホーテで買った。地味な色が良かったのだが、無闇にデカい胸と尻の入るジャージが赤かピンクしかなかったのだ。

「もちろん、戸締りはちゃんとしとるがな。わしの娘が開けてくれたんや」

「いつよ？」小蘭が首を捻る。

小蘭の言うとおりだ。これだけ商店街が静まっていれば、シャッターを開ける音が響き渡るはずなのに、何の音も聞こえなかった。

「天六の交差点でタクシー降りたやろ。そのときに娘が開けたんや」

キムは一度も携帯電話をかけていない。商店街の入口から《ぶてぃっく　木村》まで、ゆうに二百メートルはある。ありえねえ。どうやって娘に合図を出した？

「さあ、入ってや。狭いから気をつけてな。床に置いてある商品を踏んだらアカンで」

キムがシャッターをくぐり、店の照明をつける。店内からカビ臭さが漂ってきた。

万利男と小蘭が顔を見合わせる。万利男が先を譲った。ボディーガードが先に入るわけにもいかない。小蘭がシャッターをくぐった。万利男は数秒間待ち、辺りを見回した。

見ている者は誰もいない。気配もない。

愛染……いつでもかかってこい。お前を殺せば、オーシティにオレの居場所が見つかるかもしれない。

ずっと万利男は浮いている。五人も人を殺した万利男に近づいてくる物好きはいない。ただ、恐れられてもいない。オーシティには愛染がいるからだ。

「何しとんねん。さっさと入ってこんかい」

店の奥からキムが怒鳴る。

万利男は、もう一度商店街を確認した。愛染に狙（ねら）われているのだ。用心に越したことはない。

野良猫が一匹、ゴミ箱の上からこっちを見ている。人間は見当たらない。

今のところは、一応、安全だ。ただ、一カ所に留まるのは危険だろう。キムが何のために家に寄ったのかはわからないが、早く移動するに越したことはない。

万利男は《ぶてぃっく木村》に入り、シャッターを閉めた。

店内には服が山積みになっていて、埃臭さに咽せそうになる。やたらと奇抜なデザインや色の婦人服が多い。なぜか《ルイ・ヴィトン》のバッグが五百円で売られている。

店の奥の階段から二階に上がると、住居スペースになっていた。十畳ほどの和室と大人一人立つのが精一杯のキッチンがある。

一人の少女が、和室の隅で三角座りをしながら古臭いラジカセを聞いていた。ラジカセから端正で上品な老人の語り口調が聞こえてくる。

『しかし、人間死んでみるといろいろ心残りなことがおまんなぁ』

『そらそうや、誰しも心残りのない者はないわい。おまはんの心残り当ててみよか？』

どうやら落語のようだ。刑務所の図書館で聞いたことがあるが、退屈ですぐに寝てしまった。

「麦子。お客さんやぞ」キムが苛ついた声で注意する。

「わかってるわい」少女がラジカセを止めた。

変わった少女だ。部屋の中だというのに、サングラスをかけている。栗色のボブカット。黄色いタンクトップにデニムのホットパンツ。素足の爪先も黄色く塗ってある。

「何を聞いとるねん、お前は？」キムが呆れた顔で言った。

「桂米朝や」

「それはわかっとるわい。毎晩、そればっかり聞いとるやないか。客が来るのわかっとんのに何で、茶ぐらい用意してへんねん」

「へいへい」

少女が生返事をして立ち上がった。手足はスラリとしているが、体つきは大人の女じゃない。中学生ぐらいか。

「娘の麦子です」キムが冷蔵庫を開ける少女を指した。

「どうしてくろめがねしてるのよ」小蘭が訊いた。

キムがバーコードの頭を掻いた。

「娘は目が見えませんねん」

「ありえねえ」万利男は思わず呟いてしまった。

麦子はスムーズな動きでグラスを出し、冷凍庫の氷を入れ、麦茶を注いでいる。目が見えないとは思えない動きだ。

「自分の家やで。これぐらいは動けるがな」麦子が麦茶の入ったグラスを持ってきた。

「万利男さんに」キムが万利男の顔を見る。「王小蘭さんや」次に小蘭を見る。

「はい。万利男さん」麦子が何の迷いもなく、万利男に麦茶を差し出した。「はい。小蘭さん」小蘭にも渡す。

「みえてるよ」小蘭が驚く。

麦子がニンマリと笑った。歯の矯正器具が見える。

「オトンの声の方向でわかってん」

ありえねえ。たしかにキムは、万利男と小蘭を紹介する時に顔を振った。といって、それだけで、わかるわけがない。だが麦子は万利男の顔の位置や手の位置まで把握しているように感じる。

「麦子、まだ信じてへんようやぞ」

キムがニンマリと笑った。さすが親子、笑い方がそっくりだ。

　麦子が得意気に続ける。「万利男さんはジーンズ、小蘭さんはジャージを穿いてるやろ」

　驚いた。万利男は黒色のジーンズと黒いTシャツを着ている。

「やっぱり、みえてるよ」小蘭が口を尖らす。

「どうして、わかるんだ」万利男は麦子に訊いた。

「音でわかるねん。ジーンズには、ジーンズの音。ジャージには、ジャージの音があるやん」

「娘は生地の擦れ合う音で相手が何を着ているかわかるんよ」キムが補足した。

「小蘭さん、ガーターベルトしてるやろ」麦子が小蘭の下半身を指す。

「あなた、えすぱーー？」小蘭があんぐりと口を開ける。

「ガーターベルトは、クリップが付いてるからわかり易いねん」

　この耳をもってすれば、普通の人間が見えないものまで〝見える〟ということになるじゃないか。

「万利男さんは、天六の交差点で電話してたやろ。何を話してるかまでは落語を聞いとったからわからんかったけど」

「……聞こえてた？」

「そうや。だから、シャッターを開けたんやんか」

ますます、ありえねえ。万利男も小蘭に負けないぐらいあんぐりと口を開けてしまった。

「わしが逃がし屋キムと呼ばれとんのも、この子の耳があってこそや」

「まさか……。この子も一緒に逃げるって言うんじゃねえだろうな。この子の歳(とし)はいくつだ」

「十二。六年生や」麦子が自分で答える。

「足手まといだ」万利男はキムを睨(にら)んだ。

「そう怖い顔で睨みなや。娘を連れて行ったほうが、生き残れる可能性が高いねん」

麦子が両手を腰に置き、わざと偉そうな口調で言った。

「安心してや。ウチがきっちり逃がしたげるからね」

2

「ほな、今夜の寝床に移動するで」

キムがシャッターを降ろした。

「どこに行くんだ？」万利男は辺りに人影がないか、確認しながら訊いた。

「黙ってついてきたらわかるがな」キムが、天神橋筋六丁目の交差点へと歩き出す。

「万利男ちゃんって心配性なん？」麦子が話しかけてきた。服装はタンクトップとホットパンツのまま。スニーカーと着替えの入ったリュックサック。まるで、遠足に出かけるかのような恰好だ。サングラスをかけてニコニコとしている。

万利男ちゃんかよ……。

万利男は麦子の人懐っこさに戸惑った。刑務所では次から次へとやってくる悪党をぶん殴り、涅槃タウンのホルモン屋では酔っぱらったチンピラたちを店の外に摘みだしている。

麦子のような無邪気な生き物には免疫がなく、どう扱えばいいのかわからない。まるで、生まれたての子猫みたいだ。

「万利男ちゃん、仕事は何してるの」

「ホルモン屋の用心棒だ」

「えっ？　ホンマ？」麦子の顔が輝く。「どこの店？　ウチ、ホルモンめっちゃ好きやねん」

「涅槃タウンだ」

「あ！　そこって大人たちがやらしいことする街やろ」麦子が悪戯っ子のように笑った。

「アホ！　ガキの分際で何ぬかしとんのじゃ」先を歩いているキムが怒鳴る。「張っ倒すぞ」

「自分かって、麻雀にはまって借金まみれのくせに」麦子が小声でブツブツ文句を言う。

「あれは大人同士の付き合いじゃ」キムも地獄耳だ。

突然、麦子が万利男の手を触ってきた。「万利男ちゃん、何か格闘技やってるやろ」

触り方に特徴がある。医者か占い師にみられているような感じだ。なんだか、心の中まで見透かされているようで落ち着かない。

「わかった。空手や。いとこのおっちゃんが空手の黒帯やねん。その手に似てるわ」

「何もやってねえよ」

たしかに、万利男の拳は人を殴りすぎて変形している。空手家の拳と似ているかもしれない。

「まりお、とてもつよいよ。あちょーって、やくざやっつけたのよ」

小蘭がパンチの真似をする。万利男がホルモン屋でチンピラをぶん殴るのを小蘭も何度か目撃していた。

天神橋筋六丁目の交差点で再びタクシーを拾った。キムが助手席、万利男たち三人は後部座席に乗り込んだ。運転席の後ろに万利男が座り、真ん中に小蘭、助手席の後ろに麦子が座る。

「とりあえずは、梅田まで行ってくれ」キムがタクシーの運転手に指示を出す。

タクシーが発進した。万利男は尾行の車を確認する。

よし。不審な車は付いて来ていない。

「運ちゃん、窓開けてくれへんか」キムが運転手に言った。

「えっ？　クーラー病でっか」

今夜は熱帯夜だ。車内は、クーラーでキンキンに冷えていた。

「ええから全開にしてくれ。わしかって暑いの嫌やねんけどな」キムが急かす。

運転手が、訝しげに首を捻りながら、全部の窓を手元のスイッチで下ろした。

生ぬるい風が頬を撫でる。

「どや、麦子。何か聞こえるか」キムが訊いた。

「パトカーの音が聞こえるわ」麦子が即答する。

万利男は小蘭と顔を見合わせた。パトカーのサイレンなんてまったく聞こえない。

「何台や」キムが険しい表情に変わった。

「二台……もう一台増えた。三台や」

キムが舌打ちをした。「どこらへんを走っとる？」

麦子が耳を澄ます。「タクシーを停めさせて」

「運ちゃん、停めてくれ」

「はい？　降りるんですか」運転手が驚く。

「まだ降りへん。一旦、停車だけしてくれ」

「はぁ……」運転手が困った様子でタクシーを路肩に寄せて停めた。

麦子が身を乗り出し、窓から上半身を出す。人差し指を口に入れ、空に翳す。

「おい、何してんだ」万利男は麦子に訊いた。

「風の方向を調べてんのや」キムが代わりに答える。「風によって音の伝わり方も違うからな」

「上本町らへんを走ってる」麦子が言った。

「ちかい？　とおい？」小蘭が心配そうに万利男の肩を揺する。

「遠いな。ここから余裕で五キロは離れてる」

ありえねえ。そんな距離の音まで聞こえるなんて化け物だ。しかしもしそれが本当なら、キムの言うとおり、麦子を連れて行ったほうが生き残る可能性は高い。

「よっしゃ。運ちゃん、土佐堀通りから松屋町筋に出て、ミナミへ向かってくれ」

松屋町筋は、谷町筋から西に一本隣の大通りだ。キムの狙いは、こっちに向かってくるパトカーとすれ違う形で逃げることだ。

タクシーが再び走り出す。車内に緊張感が漂った。

「あいぞめ、パトカーのってるの」小蘭が怯えた声で訊いた。

「たぶんな」万利男は正直に答えた。

涅槃タウンは狭い。噂はすぐに広がる。万利男が小蘭のボディーガードをしていることは、既に愛染の耳に入っているはずだ。パトカーが三台も出動したということは、愛染が単独ではなく警察を動かしていることになる。

いくらこっちに麦子の驚異的な耳があったとしても、所詮は子供だ。必ずどこかで隙はできてしまう。二日間、四十八時間をすんなりと逃げ切れるほど甘くはない。

「ところで小蘭ちゃんは何で狙われてるん？」麦子が訊いた。

「こいびとから、だいじなもの、あずかってる」小蘭が泣きそうな顔になる。

「お金？」

「ちがう」

「じゃあ、何なん？」麦子がしつこく質問を続けた。

「みみ」小蘭がか細い声で答えた。

「みみって……この耳？」麦子が自分の耳を触る。

〝耳〟のことは千代子から聞いている。茶谷という男がインド人から切り取った耳のことだ。

愛染はその〝耳〟を狙っている。理由はわからないがどうでもいい。

万利男は小蘭を守る。ただそれだけのことだ。

「あれこれ聞かんでもええ。わしらの仕事はお客さんを逃がすだけやろが」キムが麦子を叱る。

「へいへい。何かようわからんけど、大人って大変やね」麦子が大げさにアクビをした。シートにもたれて口笛を吹きはじめる。

この曲は……。万利男の胸は懐かしさのあまり張り裂けそうになった。

十五年前、万利男は建築業界で用心棒をしていた。悪質なリフォーム業者にトラブル処理係として雇われていた。もし、騙された奴がヤクザを出してきた場合、万利男の出番となる。

リフォーム業者たちはえげつない手法で金を荒稼ぎしていた。高齢者に狙いを定め、リフォームの必要がないのに無理やり工事をして代金を騙し取る。水廻りや屋根の修繕、外壁や内装の張り替え、シロアリ対策……。無知な老人たちの大半は自分が騙されているとも気づかず万利男たちに感謝した。

万利男の心はまったく痛まなかった。

世の中は不平等にできている。人を信じるほうが悪い。強いものが勝ち、弱いものが負ける仕組みだ。

その中に、やたらと陽気な老婆（ろうば）がいた。ボーダーのシャツとスリムのジーンズ姿のお洒落（しゃれ）なババアだ。なぜか、万利男が気に入られ、相手をするハメになった。

悪質なリフォーム業者は訪問販売で寂しい老人を探す。ちょっと話を聞いてやれば契約書にサインをするからだ。

その老婆は帝塚山（てづかやま）の大豪邸で独り暮らしをしていた。願ってもないカモだった。万利男は老婆のご機嫌を取るために、毎日大豪邸に通った。

老婆は万利男が来ると乙女のようにルンルンになり、古いレコードを引っ張り出してかけた。

一曲目はいつも、カーペンターズの『シング』だった。

老婆が日本語の歌詞を教えてくれた。

《歌おう　声を合わせ　悲しいこと忘れるため》

「麦子！　夜中に口笛はやめんかい」キムが注意した。

「へいへい」麦子が『シング』のメロディを吹くのをやめた。

醜くて狂暴な万利男に臆することなく接したのは、千代子以外ではあの老婆だけだ。

それと……このガキか。

万利男は後部座席でふてくされる麦子を見た。

3

「ここが今夜の寝床や」

キムが得意気に胸を張った。

ありえねえ……。万利男は目の前の建物を見上げて、唖然とした。

ギラギラと《大黒グランド》のネオン文字が、万利男の頭上で輝いている。

まさか、ここに泊まるんじゃないだろうな？

「やったぁ。カジノや！」

麦子がピョンピョンと飛び跳ねてはしゃぐ。道頓堀の喧騒や、スロットマシンの音でどこに来たのかすぐにわかったようだ。

「きれいねえ。おおきいねえ」小蘭も呑気に目を輝かせている。

「遊びにきたんと違うぞ」キムが、ゲンコツで麦子の頭をこづいた。

「痛いなあ。おっさん、何すんねん」

「誰がおっさんじゃ。逃がし屋が目立ってどないすんねん。大人しくせんかい」

「へいへい」麦子が頬を膨らます。

キムが黒人のドアマンに二言、三言、話しかけた。ドアマンが襟元に付いているマイクで内部と連絡を取る。

キムは黒人と顔見知りなのか、怪しい英語で冗談を言って黒人のドアマンをゲラゲラと笑わせている。黒人のドアマンがポケットからデジカメを出し、一緒に記念撮影をするほどだ。シャッターは万利男が押した。

ありえねえ。リラックスしすぎだろ。カメラに向かってピースサインをするキムは、どう見ても凄腕の逃がし屋には見えない。

五分後、《大黒グランド》のベルボーイがやって来た。「こちらにどうぞ」

一階のカジノを通り抜け、ホテルへ直結するエレベーターへと案内される。

「いやぁ、賑わっとんな。ミナミではここが一番儲かっとんちゃうか。なぁ、兄ちゃん？」

ベルボーイが、キムに話しかけられてぎこちない笑顔を作る。

「お前、正気か？」万利男はキムの腕を引っ張った。

「周りの奴を見てみろや。みんなギャンブルに必死で、わしらのことなんか眼中にないがな」

たしかに誰も万利男たちを見ていない。スロットマシンのリールや、転がるダイス、ブラックジャックの手札に釘付けになっている。

「わたし、あれすき」小蘭がルーレットのテーブルを指した。ちょうど、ディーラーが回転しているルーレットに玉を投げ入れるところだ。

客たちが次々とテーブルの上にチップを並べていく。ディーラーがテーブルの上で手を振る。「賭けるのはこれまで」という合図だ。玉がポケットに入った。歓声が上がり、ため息が漏れる。午前二時だというのに凄い熱気だ。

「みんな、楽しそうやな」麦子が羨ましそうに言った。

「わたし、にひゃくまん、かったことあるのよ」小蘭が胸を張って、鼻の穴を膨らます。

「すごいやん。今度、必勝法教えてや」

「つぎのひ、よんひゃくまん、まけたのよ」小蘭が一瞬でシュンとなる。

「……やっぱり、教えていらんわ」

「世の中、そう甘くはないっちゅうこっちゃ」キムが鼻で笑う。

エレベーターに乗せられ、最上階へと着いた。

「この部屋をお使いください」ベルボーイがうやうやしく、スイートルームのドアを開けた。

「ひろい！　きれい！　ぴかぴか！」

「ウチら、めっちゃラッキーやん」

小蘭と麦子が手を繋いで部屋に入った。いつの間にか仲良くなっている。麦子には人の懐に飛び込む才能があるようだ。

「さすが、《大黒グランド》のスイートやな。細かい所まで金がかかっとる」キムが顎を撫でて感心する。

「本当にこの部屋を使っていいのか」万利男はベルボーイに訊いた。

「支配人の指示です。御用の際にはお呼びください。では、ごゆっくり」ベルボーイが、頭を下げて去っていった。

何だか妙な気分だ。このゴージャスすぎる部屋は、ホルモン屋の二階に住んでいる万利男には落ち着かない。

「いきなり来て、よく部屋が空いてたな」万利男はキムに言った。

「こういうホテルは常にスイートルームを空けとくんや。突然ＶＩＰが来てもええようにな」キムがウインクをする。「ま、わしもＶＩＰちゅうこっちゃ」

「このベッド、トランポリンみたいやわ」

「ぽわん、ぽわんね」

麦子と小蘭がキングサイズのベッドの上ではしゃぐ。

「パジャマはエジプト綿百パーセントや。バスローブはイタリアの最高級品やぞ」キムがクローゼットを開けて二人を煽る。

部屋は二つ。マスターベッドルームとリビングルームに分かれていた。壁に埋め込まれた液晶テレビは七十インチ。大理石のバスルームにも四十インチのテレビがある。

くだらねえ……。万利男は刑務所の独房を思いだした。暴れたあとに懲罰として放り込まれる。拘束着のせいで飯は犬のように食うしかなく、糞尿は垂れ流す。この世で一番ひでえ場所だ。

「このお屋敷はね。地球上で一番ひどい場所なのよ」

老婆はワインに酔うと、いつも叫んだ。

「金と宝石に囲まれたババア！　愛してくれる人は誰もいない！　悲劇よ！」

ワイングラスを壁に投げつけて割る。掃除をするのも万利男の仕事だ。

「それとも喜劇かい」ワインのボトルを倒し、老婆は絨毯の上にひっくり返る。

「何やってんだよ、ババア」いちいち芝居がかっているのが笑えた。

老婆は情緒不安定だった。ふだんはおしとやかなセレブだが、酒が入るとどうしようもない飲んだくれに豹変する。

老婆が立ち上がり、震える手で万利男を指した。「どうせあんたも私の金が目当てなんだろ」

「そうさ。じゃなきゃ、ババアの相手なんかしねえよ」

万利男は他の連中みたいに嘘はつけない。面倒くせえだけだ。老婆も万利男のそういうところが気に入ったらしい。老婆の周りには、涎を垂らして金を乞う奴らが集まってくる。

老婆はニンマリとして万利男を抱きしめた。「愛してる。私の坊や」

「じゃあ、さっさと契約書に判子をついてくれよ」

「まだだめ。まだまだ楽しむんだもん」唐突に、甘えた声になる。

「だもんって何だよ、気持ち悪い」

「気持ち悪がられてもいいもん」老婆が万利男の額にキスをした。「お腹減ってるでしょ。何か食べたいものある？」

「いつものでいいよ」

老婆は料理ができないのに、作りたがる。

唯一、焼きそばだけはまだ食えた。

「お待たせ。たんとお食べ」老婆が皿に溢れんばかりの焼きそばを持ってきた。

「いただきます」

万利男はクソまずい焼きそばをかきこみ、ワインで胃の中に流し込んだ。

老婆は、そんな万利男をニコニコと見守っていた。

「ん？　これ何や」キムが、ベッドのサイドテーブルにあったスイッチを押した。

ウィイインというモーター音とともに壁が開き、バルコニーが現れる。

「うつくしいね……」小蘭が感嘆のため息を漏らした。

「えっ？　どうなってんの？　オトン、教えてや」見えない麦子が騒ぐ。

「オーシティの夜景が宝石みたいに輝いとる」キムが麦子に説明する。「通天閣や天保山まで見えるで」

ジャグジーに浸かりながら、百八十度の角度でオーシティが見渡せるようになっている。

金持ちどもはシャンパンを飲みながら、夜景を見るのだ。

「万利男ちゃん、そんなに素敵なん」麦子が万利男に訊いた。

「まあな」

「オトン、将来、彼氏とここに来ていい？」

「アホか、小学生が何を言うとんねん。このマセガキが」

「ケチくさいの。少女のささやかな夢やんけ。大目に見ろや」

「どこが、ささやかやねん。この部屋の宿泊料いくらか知ってんのか。わしも知らんけど」

麦子の顔色が変わった。「誰か来たで」

「何やと？」

「足音がこっち向かってきてる」

万利男は拳を固めてドアの前に立った。

「ああ……大丈夫や、万利男ちゃん。ホテルのスタッフやから」

「どうしてわかる」

「歩きかたでわかるんよ」

ドアがノックされた。

「どうぞ」麦子が勝手に返事をする。

「失礼します」

《大黒グランド》の支配人だった。千代子と知りあいらしく、挨拶にきたのだ。支配人は高級スーツに身を包み、自信に満ちあふれた笑顔で万利男たちを見回した。異様に歯が白い。年齢はキムと同じぐらいだが、風格に差がありすぎる。

「支配人さん、この部屋いくらなん？」麦子が図々しく訊いた。

「一泊七十万円になります」

「高っ！」親子が同時に叫ぶ。顔の歪めかたまでそっくりだ。

「下のカジノで百万以上遊んでもらえれば無料になりますよ」支配人が、さらに白い歯を見せる。

「タダ？　マジ？」麦子が、ベッドから跳び下りる。「オトン、ひと勝負しにいこうや」

「わたし、てつだうよ」小蘭も張り切って手を挙げた。

「アホか。親を悪の道に誘う娘がどこにおるねん。カジノなんて胴元が必ず勝つ仕組みになっとんのや」

「お堅いですね。ギャンブルはお嫌いですか」支配人が完璧な営業スマイルをキープしたままキムに訊いた。

「たまにちゃうやろ。麻雀するぐらいやな」

「やかましい。ガキは黙っとれ。毎晩やんけ」麦子が鼻を鳴らす。麻雀しながら営業もしとんねん。実際、こうやって仕事になっとるがな」

「へいへい。物は言いようやな。小蘭、こういうの日本語で何て言うか知ってる？」

「へりくつ？」

「正解。めっちゃ、賢いなあ」

「ええ加減にさらせ。シバき倒すぞ」

キムと麦子のやり取りを見て支配人が笑う。

「いやあ、娘さんと仲が良くて羨ましいですな。うちにも中学生の娘がいますけど最近反抗期なんですよ」

キムがジロリと支配人を睨む。「わしらをこないなええ待遇で扱うわけを教えてもらおうか。千代子ママに言われてやって来はしたけど、まさかスイートで寝かされるとは思ってへんかったわ」

「お気に召しませんか」

「何や知らんけど、背中がこそばゆくなるがな。なんせ、貧乏暮らしが長いからの」

「ウチの家なんか、このベッドぐらいしかないで」麦子が父親に合わせて、嫌味たらしく言う。

「ねこのひたいよ」小蘭も麦子に合わす。

キムが大袈裟に顔をしかめた。「それに『甘い話には裏がある』ってよく言うやろ？」

「随分と用心深いですね。さすが、《逃がし屋キム》さんだ」

「ほう。わしも有名人になったもんやの。《大黒グランド》の支配人の耳にまで名前が届くようになったか」キムが嬉しそうに顔をほころばせた。

「何、調子乗っとんねん。誰のおかげやと思ってんの」麦子がすかさず突っ込む。

「千代子ママには随分と世話になってます。遠慮なく部屋をお使いください。愛染もまさか、ここに泊まっているとは思いもしないでしょうし」

千代子は裏で金貸しもやっている。この男も借りているのだろう。

「灯台もと暗しってやつか」キムが言った。

「なんなら、三日間、泊まり続けてもらっても構いませんよ。もちろん、料金はいただきません」支配人が、これ見よがしに胸を張る。

「甘いで、ヤク中のおっさん」麦子が腕を組み、細い顎を突き出した。

支配人の眉(まゆ)がピクリと上がる。「ヤク中？　何のことやら……」

「一晩だけが限界やな」麦子が話を変える。「明日の朝イチにこのホテルから離れよ。オトン、何時起きにする？」

「そやな。五時間も寝れば十分やろ。八時にしよか」キムが金色に輝くけばけばしい腕時計を見て答える。

「五時間も眠っていいのか」万利男は思わずキムに訊いた。

「理想は六時間睡眠や」

「寝過ぎじゃねえか。逃げなくちゃいけねえのに」

「逃げなアカンからこそ睡眠と食事はしっかりと取ってもらう。睡眠不足は集中力の低下を招くし、腹が減ったら力は出えへんやろ」

「ウチの耳があるから安心してぐっすりと寝てや」麦子が、自分の耳たぶを摑む。

「怪しい奴が来たらすぐに叩き起こすし」

「お言葉ですが」支配人が話に割って入ってきた。「当ホテルのセキュリティは万全です。そうやすやすと不審者を侵入させるようなヘマは致しません。各国の大臣クラスがお泊まりになるのですから、守りは鉄壁です」

「守るのはプロでも逃げるのはアマチュアや」キムが遮る。「今、この部屋に愛染と十人以上の警察官が攻めてきたらどうする？　入口は一つしかないで。バルコニーから飛び降りてペシャンコになるしかないがな」

支配人がグッと反論の言葉を飲み込んだ。「では、一泊ということで……。明朝の八時にモーニングコールでよろしいですね」

「おう。ついでに朝飯も持ってきてや。絶対に和食やで。トーストだのオムレツだのフルーツだのはいらんからの。味噌汁と焼き魚と納豆で頼むわ」

「かしこまりました」支配人が頭を下げる。こめかみに、青筋が浮かんでいるのを万利男は見逃さなかった。

「おっさん」麦子が部屋を出ていこうとする支配人を呼び止めた。「靴の踵にクスリを隠すのはやめたほうがええで。空洞ができてるから右と左で足音が違う。バレバレや」

「ご忠告、ありがとうございます」支配人が、顔を真っ赤にしてドアを閉めた。

万利男は、麦子をじっと観察した。

サングラスを除けば、どこにでもいるような普通の少女だ。だが、その人間離れした聴力は超人の域に達している。かつ、洞察力も鋭い。たとえ、視力があったとしても、支配人がドラッグをやっているとわかる人間はいないだろう。

麦子だけに〝見える〟世界があるのだ。

「どうして、踵に隠しているものがドラッグだとわかった」万利男は麦子に訊いた。

「簡単やん。わざわざ、そんなところに隠すものって他に何かある?」

ごもっともだ。

「むぎちゃん、てんさいよ。わたし、おおぶねに、のってるね」

小蘭がフカフカのベッドにダイブをした。

4

一度だけ、老婆(ろうば)とダンスを踊ったことがある。

契約書に判子をつくことの条件だと言って、強要されたのだ。

老婆は古いジャズのレコードをかけ、万利男に腕をからめてきた。熟れすぎた果物みたいな香水でむせ返りそうになる。

「今日はカーペンターズじゃねえのか」

「だってチークだもん」

「この曲は？」

「スタンダードナンバーよ。『チーク・トゥ・チーク』っていうの」

「そのまんまじゃねえか」

老婆は赤いドレスを着ていた。剝(む)き出しの肩や腕が痛々しいほど、皺(しわ)くちゃで醜い。

万利男はうまく踊れなかったが、老婆にあわせて体を揺らした。

老婆が万利男の耳元で囁(ささや)いた。「万利男ちゃんの怖いものって何？」

「考えたこともねえ」

「じゃあ、今考えて」

甘過ぎるジャズのせいで思考が鈍い。頭の中が溶けたみたいだ。

自分が死ぬことが怖いか？

いや、怖くない。喧嘩沙汰(けんかざた)で重傷を負い、何度も生死の境を彷徨(さまよ)っている。いつ死んでもおかしくないし、未練もない。

千代子の顔が浮かぶ。太っているくせに高飛車で金の亡者。万利男よりも醜い千代子。

千代子がこの世からいなくなったら怖い？

それがどうした？　オレは元から孤独なんだ。

万利男は反射的に老婆から離れた。

「優しくされるのが怖いのね」老婆が微笑んだ。

「うるせえ」万利男は老婆を絨毯の上に突き飛ばし、契約書をかざした。「さっさと判子をつきやがれ、このクソババア」

肩を揺さぶられて目が覚めた。

ベッドの脇に麦子が立っている。

「万利男ちゃん、起きて。誰かが非常階段を上がってくる」

万利男は飛び起きて耳を澄ました。

……何も聞こえねえ。だが、麦子の顔は本気だ。

携帯電話で時間を確認する。

午前四時五分――。

小蘭は隣でスヤスヤと寝息を立てている。部屋にはキムがいない。

「キムはどこだ？」

「廊下。様子を見に行ってるねん」

万利男はベッドから降りて首を回した。手首と足首も回す。短く息を吸い、短く吐く。よしっ。体は起きている。

麦子が小蘭の体を揺すって起こした。

「……どうしたの」小蘭が眠たそうに瞼（まぶた）を擦（こす）る。

万利男は人差し指を口に当てて合図を送った。小蘭の顔に緊張が走る。

部屋のドアがゆっくりと開く。万利男は歩幅を広げ、拳を固めた。

キムだった。

「ヤバいで。囲まれとるわ」珍しくキムの顔が強張（こわば）っている。「何でこの場所がわかったんや」

「相手は何人だ」万利男はドアから目を離さずに訊いた。

「ちょっと待って」麦子が集中して耳を澄ます。「非常階段に三人。エレベーターに三人や」

六人か。戦えない人数ではないが、全員が武器を持っていれば厄介だ。

「あいぞめ、きたの？」

小蘭が不安げな顔でベッドから降りる。ピンクのジャージにスニーカー。万利男も靴を履いたまま寝た。起きてすぐに逃げられるようにというキムの指示だ。

「どうやって逃げるんだ」万利男はキムに訊いた。

部屋は最上階だ。飛び降りるわけにもいかない。

「わしに任せとけ」キムが自分のリュックサックをゴソゴソと探る。

「エレベーター組はあと三分。階段組はあと五分で来るで！」麦子がキムを急かす。

「かいだん、のぼってきたの？」

「たぶん下の階までエレベーターで上がってきて、二手に分かれたんやろ」

キムがリュックサックからロープを取り出した。

「なによ、それ？」小蘭が顔を引きつらせる。

「見ればわかるやろ。ロープや」

「うそよね……」小蘭の顔が青ざめる。「わたし、こうしょきょうふびょう、なのよ」

「〝病〟じゃなくて〝症〟やで。高所恐怖症」麦子が訂正する。

「どっちでも、いいよ！」小蘭がキレる。明らかに麦子よりも子供っぽい。

「はい。どいてや」キムが小蘭を押しのけて窓辺に立った。

六百メートルの高さで、窓の開け閉めはできない。窓に何かを貼り付けた。小型のデジタル時計のような物だ。

「なによ、それ」小蘭がキムに詰め寄る。

「はい。離れてよ」キムが小蘭の腕を引っ張り、窓から離す。

「万利男ちゃんも離れたほうがええよ」麦子が壁にへばりつくようにしてしゃがみ込んだ。

万利男も真似をして、なるべく窓から距離を取った。

デジタル時計が爆発した。小さな爆発だ。窓ガラスが吹き飛ぶようにして割れる。

「ばくだん？」小蘭があんぐりと口を開けた。

「窓を割るためのな」キムが得意気に答える。

突風が部屋に入ってきた。思わず目をつぶってしまう。カーテンやシーツが激しくなびく。

「まさか……ロープで降りるんじゃねえだろうな」

「万利男ちゃんも高所恐怖症かいな」キムがニヤリと笑う。「他に逃げ道があるか」

「エレベーター組、あと一分。階段組も二分切ったで」麦子がさらに急かす。

「ロープは一本しかねえのか。ハーネスやフックは？」

「そんなもんいらんわい」

「自殺行為だろ」

「わたし、はやくも、きぜつしそうよ」小蘭が額を押さえてフラつく。

キムが素早い手つきでロープをカーテンレールに結びつけ、外に垂らした。どう見ても体重を支えきれるわけがない。

「さあ！　急げ！」キムが手を叩いた。「全員でバスルームに入るんや」

「おふろ？」小蘭がキョトンとする。

キムが麦子の手を引いてバスルームに飛び込んだ。万利男と小蘭もあとに続く。

広い。大人三人と子供一人が入ってもスペースに余裕がある。

万利男はバスルームの鍵を閉めた。と同時に、部屋のドアが蹴破られる音がした。

「うお！　あいつら、この高さから降りたんか」「そんなアホな！」

踏み込んできた男たちの声が聞こえる。

隣の麦子がクスリと笑った。「まあ、ありえへんわな」

爆発音。さっきのよりもはるかに大きい。衝撃でバスルームが揺れた。

「いつの間に爆弾を置いたんだよ」

だ。


「ロープをつけながらや。仕事はスピードが命やからな」キムが胸を張る。

　麦子が時間を計っていた理由がわかった。爆弾のタイマーを合わせるためだったのだ。

「さあ、逃げるで」キムを先頭にバスルームを出る。

　部屋中、煙だらけだ。数人の人影がぶっ倒れて呻いている。

「しんでるの？」小蘭が心配そうに言った。

「そこまでの火薬の量やない。死にはせんやろ」キムが倒れている人間を数える。

「……五、六と、全員おるな」

　万利男は一人一人の顔を確認した。

　愛染がいない。全員、制服警官だ。

　何度か、涅槃タウンを歩く愛染を見たことがある。《オーシティの死神》という噂とはあまりにもギャップがある雰囲気なので驚いた。まるで、太陽の下に現れた幽霊のような男だ。あれだけ観光客で賑わっている涅槃タウンが、愛染が来た途端に静まりかえるのだ。チンピラは逃げるようにしてゲートを出て行くしかない。

「他にこの部屋に近づいてきている人間はおらへんか」

　麦子が首を振る。「足音が多すぎてわからへん」

爆弾テロと勘違いするほどの音だった。宿泊客やホテルの従業員も慌(あわ)てふためいているはずだ。

「愛染のことはあとや。とりあえず、ホテルから脱出せな」キムが廊下の様子を窺(うかが)い、部屋を出る。

「まってよ！　いいもの、あるよ！」

小蘭が倒れている警官のそばにしゃがみ込んだ。銃を奪おうとしている。

「アカン！」麦子が強い口調で言った。

ホルスターのボタンを外した音でわかったのか。麦子は小蘭に向かって注意した。

「銃なんかいらん。そんなもんあっても何の足しにもならへん」

「あるのが、いいよ。あいぞめ、きょうぼうなのよ」小蘭がホルスターから銃を抜いた。

「ウチらの仕事は逃げることや。戦うこととちゃう」

「麦子の言うとおりだ。素人(しろうと)が銃を撃っても当たらねえ」万利男は小蘭の手からそっと銃を取り、ホルスターに戻した。

「あいぞめ……つかまったら、ころすよ」

「大丈夫だ。そのときはオレが戦う」

小蘭が泣きそうな顔で頷(うなず)いた。

「はよ、せんかい！　何をグズグズしとんねん」キムの声が廊下から聞こえる。

万利男は小蘭の手を取り、立たせてやった。

「まりお、つよいね」

「強くねえよ」

「こころ、つよいよ」

「やせ我慢が得意なだけだ」

廊下に出た。野次馬が集まってきている。追っ手らしき人間はいない。

「こっちや！　走れ！」キムが非常階段の前で手を振っている。

「エレベーターを使わねえのか」走りながら麦子に訊いた。

麦子は見えないのに万利男と変わらないスピードで走っている。

「電源を落とされたら終わりやからな」

「危ねえ」麦子の鼻先で部屋のドアが開いた。宿泊客が何事かと顔を覗かせたのだ。

麦子がサイドステップでドアをかわした。バスケット選手のような俊敏な動きだ。

「言わんでもわかってるって」

「す、すげえな……」

「かけっこやったら任しといて。運動会のリレーでもアンカーに選ばれてんから」

たしかに、いいフォームだ。

「おいていかないでよ！」小蘭が内股(うちまた)で走ってきた。こっちはドタバタと足音を鳴らす不細工なフォームだ。おまけに胸も尻(しり)も揺れすぎる。

万利男は非常扉を開け、階段を降りようとした。

「そっちとちゃうで」麦子が止めた。

「降りねえのか」

「無理に決まってるやん。何階あると思ってんのよ」

上から小さな爆発音がした。

「な、なんの、おとよ？」追いついた小蘭が肩で息をしながら訊く。

「オトンがドアを壊してん」

ここは最上階だ。さらに上となると……。

「おくじょう？　すばいだーまん、じゃないよ」

六百メートルの高さからどうやって逃げるんだ？　正気の沙汰とは思えない。

「ええから黙ってついて来い」麦子が階段を二段飛ばしで上がっていく。

「たかいの、いやよ……」小蘭が万利男の手をギュッと握る。

「信じるしかねえだろ。逃がし屋キムのお手並みを拝見しようぜ」

へっぴり腰の小蘭を励まし、階段を上がった。

キュィイイインというモーター音が響く。

ありえねえ……。屋上へと続くドアを開けた。

モーター音が風を切る音に変わる。

「へりこぷたー……」小蘭が口をアングリと開けた。

屋上にはヘリポートがあった。小型のヘリがローターを回している。

麦子がヘリコプターの前で万利男たちに手招きをしている。何かを叫んでいるが、ヘリの音と風の音で聞こえない。操縦席にキムが乗っていた。

「めんきょ、あるの！」小蘭が叫ぶ。

「たぶん」万利男は叫び返した。「エンジンがかかってるだろ。信じろ」

万利男と小蘭はヘリに向かって全力疾走した。

火災時の救出用のヘリだ。キムはこのホテルの屋上にヘリがあることを前から知っていたのだ。

ヘリに乗り込む。生まれて初めての経験だ。思ったよりも狭い。麦子はキムの隣、万利男たちは後部シートに座った。

「逃げるでえ」

キムが叫ぶと同時に、機体が浮き上がった。

小蘭が中国語で何かを絶叫した。

逃がし屋キム……すげえ男だ。ここまで徹底的に逃げられたら誰も捕まえることはできない。

いきなり顔に水滴が飛んできた。

雨？ そんなわけがない。ヘリには屋根がある。

「なによ、これ」小蘭が自分の顔を手で拭う。手の平に赤い液体がついている。

血だ。

「オトン！ どうしたん！ 何があったん！」麦子が叫んだ。

万利男は慌てて操縦席を見た。額から血を流したキムが、ぐったりとしている。

「オトン、返事してや」

ありえねえ……狙撃かよ。フロントガラスに銃痕がある。

ヘリが大きくバランスを崩し、ヘリポートに墜落した。

5

老婆が五人の男に殺された。

犯されたあげく、タンス貯金の数億円を盗まれた。

半年後、犯人がわかった。万利男に彼女の用心棒を依頼したリフォーム業者たちだった。

万利男は奴らの家をレンタカーのワゴンで順番に廻り、ぶん殴って拉致した。連れて行ったのは老婆の家だ（老婆は万利男に合い鍵を作ってくれていた）。

目を覚ました奴らは、自分たちがいる場所が老婆の大豪邸だと気づき、全員小便を漏らした。

奴らは口々に命乞いをした。しかしどれだけ泣き叫ぼうと、この広い屋敷の外には声は届かない。

「残念だな。今からオレはお前らを殺す」

万利男は奴らを黙らせるため、順番にぶん殴って鼻の骨を折った。

五人中、三人が気絶した。

「残念だな。お前らは絶対に助からねえ」

「犯そうと言いだしたのはコイツなんだ」一人がもう一人のせいにした。

「うるせえ。てめえこそナイスアイデアつって喜んでたろうが」

老婆を犯した理由は想像がつく。万利男を犯人に仕立てあげようとしたのだ。そのために、男好きな老婆の用心棒として万利男を任命し、毎晩屋敷に通わせた。殺人罪と強姦罪と強盗罪。うまくいけば万利男を死刑にできる。奴らにとって計算外だったのは、老婆が殺された夜に、万利男が屋敷に現れなかったことだ。

チークダンスのときに老婆を突き飛ばしたことが、結果的に万利男を救った。

「残念だな」万利男は拳を振り上げた。

ローターが弾け跳んだ。機体が横滑りし、貯水槽に激突する。轟音とともにタンクが裂け、大量の水が溢れだした。

全身を強く打った。意識が飛びそうになる。自分がどっちを向いているのかさえもわからない。

やられた。愛染だ。こんなふざけた真似をする奴は、一人しかいない。

意識が戻ってきた。焦げ臭い。ヘリのテールローターがわずかに回転している。

女たちは？

万利男は隣の小蘭を確認した。腕を押さえて呻いている。額に血がついているが、キムの血だ。

「万利男ちゃん……」操縦席の隣から麦子の声が聞こえた。「……誰か来るで」

万利男は全神経を耳に集中させた。バシャバシャと水の音が鳴る。

「もっと速く歩かんかい」遠くから男の声が響く。

「だからケガしてるんですってば」近くからもう一人の男の声がした。

……足音はコイツか。

「ケツに撃ち込むぞ」遠くから男が怒鳴る。

愛染だ。直感でわかる。ヘリで逃げることを読まれ、屋上に先回りされていた。スイートルームに入ってきた警官たちは、万利男たちを炙り出すための囮だったのだ。

……もう一人の男は誰だ？

万利男は息を止め、薄目を開けた。

男が首を伸ばして操縦席を覗き込み、キムの死体を見て眉をひそめている。

この顔には、見覚えがある。昨日、タキシード姿でホルモン屋に来た男だ。今日は全身ユニクロで揃えたようなカジュアルな恰好をしている。

男が、麦子と小蘭と万利男を順に見た。

「キムは死んでいます。女たちと万利男も、死んでいるか、気絶しています」男は大声で愛染に報告した。

「どっちやねん。確認せんかい」

どうする？　愛染はまだ銃を持っている。下手に動けば標的にされる。

「自分でやれよ、バカ」その男は小声でぼやくと、後部座席のドアを開けた。

そして、万利男の呼吸を確認するために後部座席に乗り込んできた。

間抜け面で万利男の顔をのぞきこんできたとき、万利男は目を見開いた。

「あれ？　生きてました？」男が泣きそうな顔になって言った。

「残念だな」

万利男は男の前髪を摑み、顔面に頭突きをめりこませた。

二回、三回と頭突きを続ける。至近距離の相手には拳より頭のほうが効果的だ。ゴツゴッと骨がぶつかる音がした。

「か……勘弁してください……」男が涙を流しながら、両手を上げて降伏した。暴力に屈した人間のおなじみのポーズだ。

「あなた、だれよ」小蘭も目を開けた。左手を押さえて顔をしかめる。

「オトンはどうなったんよ」麦子も起き上がった。「万利男ちゃん、教えてや」

「死んだよ」万利男は静かに答えた。

「……どうやって死んだん？」麦子の声が震える。

「頭を撃たれた」

「そうなんや……」麦子が唇を嚙みしめる。泣きだすかと思ったが堪えている。父親が殺されたというのに恐ろしく気丈なガキだ。

「あなた、うったの？　あなた、ころしたの？」小蘭が片腕で男の胸ぐらを摑み、激しく揺さぶった。

「お、俺じゃないって」

「じゃあ、だれよ」

さらに激しく揺さぶったせいで、男の首が絞まっている。男の顔がどんどん紫に変色していく。

「いっそのこと殺してくれ」男がわめきだした。「金玉や寄生虫より、女に殺されたほうがまだマシだよ」

「愛染は？」万利男は小蘭を止め、また男の前髪を摑んだ。「奴は今どこだ」

「ひいっ」男が頭突きに怯えながら答える。「お、屋上の端です」

「距離は？」

「たぶん、二十メートルあるかないかだと……」

「武器は？」

「ライフルです」

万利男は舌打ちをし、男の前髪を放した。

「やばいよ！　まりお！　どうするの！」小蘭が動揺して前方を確認しようとした。

「動くんじゃねえ」

小蘭が慌てて頭を引っ込める。

「今のところ撃たれる心配はないですよ」男が鼻を押さえながら言った。指の間から血が溢れている。「愛染の位置からは後部座席は見えなかったから」

「うそやめてよ。あなた、あいぞめなかまでしょ」

「仲間なんかじゃない。俺も巻き込まれて迷惑してるんだよ」

男の鼻血が止まらない。男はユニクロと思しきパンツのポケットからティッシュを取り出し、鼻の穴に詰め込んだ。

「お前は何者だ？」万利男は男に訊いた。

「羽田誠と言います。説明すると長くなるんですが……あの……とにかく一般人です」

「愛染と組んでるのか」

「金玉を潰つぶすって脅されて……仕方なしに」羽田が上目づかいでこちらを見る。

「なぜ、オレたちがここに泊まっていることがわかった？」

「このホテルの支配人が……愛染に情報を売ったんです」羽田が弁明しながら、チラリと麦子を見た。この場面に小学生の女の子がいることが気になっている顔だ。

万利男も麦子の様子を確認した。さっきから口を固く結んだまま微動だにしない。

「俺の指示に従ってくれませんか」羽田が言った。「俺がみなさんを助けます。信じてください」

ありえねえ。弱き者に手を差し伸べるな。それが、この街の鉄則だ。羽田がオレたちを助ける理由がない。

万利男は羽田の前髪を摑み、もう一発頭突きを入れようとした。

羽田が必死な顔で、万利男の手を摑んだ。

「お、俺を人質に取ってくれ」

6

「愛染さん。撃たないでください」

羽田が両手を上げて叫んだ。

「何やっとんじゃ。お前は」

声は聞こえるが、愛染の場所はわからない。

「見てのとおり人質に取られたんですよ」

万利男は羽田の背後に隠れながらヘリを降りた。小蘭と麦子が万利男の背中にくっつく。

「俺だけじゃありません。〝耳〟も人質に取られているんです」

愛染が見えた。屋上の端で片膝をつき、ライフルを構えている。

「どういう意味やねん」愛染がスコープから顔を上げた。

「〝耳〟に小型の爆弾がついてるんです。スイッチひとつで粉々にされますよ」

この男、咄嗟についた嘘にしては上出来だ。キムが爆弾を使っただけにリアリティがある。

万利男はチラリと背後を確認した。小蘭のうしろに麦子がいる。小蘭のピンクのジャージを摑んで何とかついてきているが、半ば放心状態だ。父親が殺されたのだ。しかも、麦子は父親の最期の姿を〝見る〟ことができなかった。

「わかった」愛染がライフルを置き、立ち上がった。

こっちに近づいてこようとする。

「動くなと言え」

羽田がわずかに頷く。「愛染さん、動いちゃダメです。〝耳〟が吹っ飛びますよ」

愛染がピタリと足を止め、大げさに両手を広げる。

万利男たちは羽田を盾にしたまま、屋上の出入り口へと移動した。

「待てや」愛染が叫ぶ。「俺と戦ってくれや。もちろんステゴロでや」

「あいつがオトンを殺したんやな……」麦子がつぶやく。「あの声は絶対に忘れへん」

万利男は出入り口のドアを開けて、先に小蘭と麦子を行かせた。

愛染が、白いスーツを脱ぎ始めた。あっという間に、白いパナマ帽以外は一糸まとわぬ姿になった。

「これでどうや。何も持ってへんやろ。戦ってくれや」

「単なる変態じゃないか」羽田が小声でぼやく。

「どうして、ぼうし、とらないのよ」小蘭も呆れたように言った。

「オラァ！　逃げんのか！」愛染が絶叫する。

「今は仕事中だ」万利男は愛染に向かって言った。「終わったら、いくらでも相手してやる」

羽田とともに屋上の出入り口を抜け、ドアを閉める。

「な、うまくいっただろ」羽田がウインクをしてきた。「まさか、愛染がフルチンになるとは思っていなかったけどな」

なんだ、この男は？　鼻血塗(まみ)れのくせに、ノリが軽くて怪しい。だが、コイツのおかげでひとまずピンチを乗り切れたのはたしかだ。

「はやく！　いそぐのよ」

小蘭がエレベーターから万利男を呼んだ。羽田と乗り込み、一階のボタンを押した。しかしエレベーターは何の反応も示さない。

「どして、うごかないのよ」小蘭がエレベーターの壁をガンガンと殴る。

「機械室に止めてもらってるんだよ」羽田は非常用のボタンを押すと、かん高い作り声でスピーカーに向かって指示を出した。「愛染だ。動かしてくれ」

『は、はい。かしこまりました』緊張したスタッフの声が聞こえてきた。

「なによ、これ？」

小蘭が床を指した。防犯カメラが転がっている。配線がむき出しになっているところを見ると引きちぎられたようだ。

「愛染がやったんだよ。乗り込むなりブチッて」

愛染は、一切の証拠を残したくない、ということか……。つまり、小蘭を〝始末〟するのは前提で、いや、二人や三人始末するつもりで、ここまで上がってきたと。そこまでして〝耳〟を手に入れたいのか。イカレた刑事だ。

モーター音がしてエレベーターが動き出した。

「もう、つかれたよ……にげるの、いやよ……」小蘭がエレベーターの壁にもたれて弱音を吐く。

「アカン……最後まで逃げ切るんや。ウチが絶対に逃がしたる」麦子が小さな拳を握り締めて言った。

麦子の全身が震えている。顔色も真っ青だ。まだ幼い少女が、父親が死んだショックを、逃がし屋の仕事を引き継ぐことで堪えようとしている。

「なあ、〝耳〟の秘密を教えてくれよ」羽田が小蘭に詰め寄った。「あんたが持ってるんだろ」

「もたないよ、そんなの！　きもちわるいのよ」小蘭が眉をひそめて反論する。

「愛染だけじゃない。オーシティ中の悪党が〝耳〟を狙ってるんだぞ」

「どうして、そんな価値があるんだ。そもそも誰の耳だ？」万利男は羽田の肩を摑んだ。

「インド人のガキだよ」

「そいつはどこにいる？」

「それが……」羽田が顔をしかめ、眉毛を掻いた。「もうこの世にはいないんだよな」

「殺されたのか」

羽田が頷いた。額に玉のような汗が浮かんでいる。

「ぶっそうなの、やめてよ」小蘭が目を真っ赤にして呟く。

「誰に殺された？」

「俺がインド人のガキの部屋に入ったときにはすでに殺されていて……絶妙なタイミングでパトカーが……人生最悪の日だよ」

「ハメられたな。相手は誰かわかってんのか？」万利男は、怯えている羽田に訊いた。

「……たぶん、シャムとモアイだ」羽田が、なぜか自分の腹を撫でる。

「は？　誰なんだ、それ」

「殺し屋の夫婦なんだ」

殺し屋だと？　ありえねえ。愛染の他にもまだややこしい奴がいるのか……。

エレベーターが止まった。一階のロビーだ。

「ドアから離れろ」万利男は、短く息を吐き、腰を低く落とした。

小蘭と羽田がエレベーターの左右の壁にへばりつく。

「ドアの前に何人いる？」万利男は麦子に訊いた。

しかし、麦子は返事をしない。ぼうっと突っ立ったままだ。

「あぶないのよ！」

小蘭が麦子を抱きしめるようにして、壁際に引き寄せる。

ドアがゆっくりと開く。万利男は、全神経を研ぎ澄ませた。

『万利男ちゃんの怖いものって何？』

老婆の声が聞こえたような気がした。

「確保！」

警官たちが、エレベーターに入ってこようとした。

五人。全員が防弾チョッキを身につけ、警棒を持っている。銃は見えない。

先頭の警官が万利男に摑みかかり、顎を狙ってきたので、すんでのところでかわす。

顎は死守しなければならない。カウンターで脳を揺らせば、どんな大男でもぶっ倒れる。

だが反撃を試みて右肩に激痛が走った。右腕が上がらない！　ヤバい。右の鎖骨が折れている。ヘリの爆発のときだ。あのときは、アドレナリンが出て動いたのか？

反応が遅れた。先頭の警官に万利男の腕を摑まれた。柔道家だとすぐにわかった。耳が潰れている。畳で擦れたあとだ。

二人目の警官が、万利男の髪の毛を摑んで倒そうとした。こっちは小柄だが、血の気が多そうだ。

「まりおちゃん！　やっつけてよ！」小蘭が叫ぶ。

仕方がない。腕が使えないなら脚だ。

腕を摑んでいる柔道家の膝に、足の裏で蹴りを入れた。パキッと乾いた音が響く。

「あがっ」柔道家は悲鳴を上げ、万利男の腕を離した。膝を押さえてその場にしゃがみこむ。

次は、髪を摑んでいるチビだ。他の警官は、エレベーターの入口が狭くて入ってこられない。

左手は？　よしっ。動く。万利男はチビの喉を力任せに摑んだ。喉仏に指が食い込む。

「えごっ……がばっ」チビが血反吐を吐いた。

髪を摑んでいる力が緩んだ瞬間、万利男は左手でチビの手を払いのけた。

ブチブチと何本か髪の毛が抜けたが気にしない。逆にチビの耳を摑み引き寄せる。

顎に膝蹴りを叩き込んだ。

チビが白目を剝き失神する。

次に、膝を押さえてしゃがみこんでいる柔道家に倒れかかった。

「ひいっ」柔道家が顔を上げた。

柔道家の隙だらけの顔面に、左の拳を叩きこんだ。こめかみにヒットし、こっちも白目を剝いてぶっ倒れる。

「……強ええ」羽田の呟く声が聞こえる。

ボンと鈍い音がして、警官たちの間から何かが飛んできた。

途端にエレベーターの中にガスが充満する。目と鼻にカラシを塗り込まれたような刺激が襲う。

目が見えない！　喉が熱い。

「なによ！　これ！　かお、いたいのよ！」

「クソッ！　催涙弾だ！　俺は愛染の仲間だ！　逮捕するんじゃねえぞ！」羽田がわめく。

咳き込む声が聞こえる。万利男は、闇雲に腕と脚を振り回した。虚しく空を切る。

ダメだ。目が見えなきゃ戦えない。

「麦子！　小蘭！　逃げろ！」万利男は声を張り上げた。

「万利男ちゃん！」麦子の声がした。

万利男の手に何かが触れた。

小さな指……麦子の手だ。

どこをどう走っているのかわからない。

万利男は麦子に手を引かれて、ミナミの街を走っていた。

「次！　右に曲がるで！」

右方向に強く手を引かれた。まるで、目の見えている人間に誘導されているかのようだ。

目と喉が焼けるように痛え。

間一髪で、麦子に助けられた。

腕を引かれてエレベーターを飛び出し、《大黒グランド》から脱出した。

催涙弾にやられて目の見えないはずの人間がダッシュで逃げるとは、警官の誰ひとりとして思っていなかっただろう。逃げたとしても、普通ならば数メートルも走れば障害物にぶち当たる。

早朝だが、街のそこら中でサイレンが鳴り響いていた。

麦子が走るスピードは速い。追いつくので精一杯だ。本当に音だけを頼りに走っているのか？　だとしたら人間業じゃない。

「次、左！　電柱があるから気をつけてや！」

「おい、どこまで逃げるんだ」

苦しい。喉の痛みで呼吸がまともにできない。

「我慢しろや！　それでも大人か！」

「小蘭は？」

「……はぐれた」

「逃げる場所のアテは？」

「タクシーを拾う」

「涅槃タウンはダメだぞ。サツが張ってる」

「わかってる……。止まって！」

万利男は走るのをやめた。車のブレーキ音がする。タクシーだ。

麦子が、万利男の体に腕をからめてきた。老婆とのチークダンスが蘇る。

『優しくされるのが怖いのね』

また、老婆の声が聞こえた。

7

ゴツい男とサングラスの少女のコンビは、嫌でも人目を引いてしまう。結局、万利男と麦子は天神橋筋商店街に戻ることにした。ここならば路地の奥の奥まで知り抜いている分、麦子の負担も小さくなる。

まだ朝は早く、どの店もシャッターを降ろしたままだ。幸い、辺りに警官の姿も見当たらない。

麦子が《ぶてぃっく木村》のシャッターを開け、万利男たちは二階へと上がった。

洗面台で顔を何度も洗い、目もだいぶ開けられるようになった。ヒリヒリと痛むが、物はハッキリと見える。

部屋に戻ると、麦子は布団(ふとん)の上で三角座りをしていた。

「……小蘭ちゃんを逃がしきれんかった」

サングラスの下から大粒の涙が零(こぼ)れてきた。

立ち尽くしたまま動けなかった。父の死には触れることなく、父から託された小蘭のことで悔やんでいる少女に対して、慰めの言葉をかけることも、抱きしめてやることもできない。

万利男は世界一の間抜けだ。天涯孤独になってしまった盲目の少女に守られて、のうのうと生きている。

「どうしたらええと思う？」麦子が、万利男に訊いた。

「わからねえ」

「小蘭ちゃんはどうなったと思う？」

「……わからねえ」

「嘘つけ。わかってるくせに。愛染に捕まったに決まってるやん」

麦子が大声で泣きだした。手足をバタつかせ、声が嗄れるまで泣いた。この世の終わりかというくらい、激しく泣いた。

万利男は、初めて子供らしさを見せたその姿を、ずっと見守るしかなかった。

しばらくして、麦子が泣きやんだ。

「一緒に寝よう」

麦子が布団にもぐりこんだ。

万利男も、麦子の隣にあるキムの布団にもぐりこんだ。

「なあ。キムはどうして逃がし屋なんてはじめたんだ？」

「オカンを逃がすことができへんかったから」

「……母親を？」

「オカン、ジャズシンガーやってんけどお店のお金に手をつけてしまってん。オトンはヤクザたちから逃がそうとしてんけど……アカンかった」

「殺されたのか？」

「その日から、オトンとウチは逃がし屋をはじめてん。殺されそうな人を一人でも多く逃がしたろうと思って……」

「お前は逃がし屋を続けるのか」

麦子は布団の中で頷（うなず）いた。

「オレも仲間にしてくれ」

「……仲間？」

「部下でもいい。これからは、オレがお前を守る」

「ちゃうやろ」麦子が、少しだけ笑った。「ウチが万利男ちゃんを守るんやろ」

「そうだな。オレを守ってくれ」

やっと、この街での居場所が見つかった。守りたいものも見つかった。

万利男はゆっくりと目を閉じた。

窓ガラスが割れる音で飛び起きた。

畳の上に炎が広がる。

「何？　これ何？」麦子も布団をはね上げて起き上がる。「火事？　ガソリンの匂(にお)いがする」

火炎瓶だ。炎はあっという間に広がり、万利男たちを焼き尽くそうとする。

今度は万利男の番だ。

万利男は左腕一本で麦子を抱え上げ、階段を降りた。煙が一階まで迫ってきている。

シャッターを開けようとする万利男の手を麦子が止めた。

「アカン。外にアイツがおる」

「……愛染か」

麦子がコクリと頷く。

炎が階段までやってきた。このままでは二人とも焼け死ぬ。

「オレの後ろに隠れてろ」

「嫌や」

「いいから隠れとけ。な？」

万利男は麦子の頭をそうっと撫でた。麦子を背中に隠し、シャッターを開けた。

「おー。いい顔した男が出てきたのう」

愛染が一人で立っていた。右手にバカでかい肉切り包丁を持っている。しかし、不思議なぐらい、殺気がない。

なんなんだ、この男は。

「何が怖いのか知ってる顔やな」

「なぜ、一人で来た？」

「《大黒グランド》の屋上で約束したやんけ。仕事が終わったら相手してくれるんやろ」

「そうだな」

万利男は右肩の痛みを堪え、ファイティングポーズを取った。腕がちぎれてもいい。ぶん殴ってやる。

「武器は？」愛染が嬉しそうに笑った。

「この拳で十分だ」

「かっこええやんけ」愛染が肉切り包丁を足元に捨てた。「正々堂々と勝負しようや」

いきなり、銃声がした。

最初は、どこから聞こえたのかわからなかった。

背中が熱い。炎の熱さじゃない。

万利男は振り返り、絶望した。

麦子が銃を持っている。スイートルームで小蘭が奪おうとした警官の銃だ。

「さすがに、こんだけ近づいたら目が見えへん素人でも当たるね」

「……どう……して？」血を吐いた。内臓がどこかやられている。

麦子が表情をまったく崩さずに言った。「だって、ここはオーシティやで」

万利男は崩れるようにして膝をついた。

「何や、仲間割れかいな」愛染が目を丸くする。

「愛染さん、ウチと組まへん？」麦子が言った。

「お前とか？　俺はロリコンとちゃうぞ」

「ここまでバイクで来たやろ。商店街の入口に停めてある」

愛染の眉が上がった。「聞こえたのか」

「ウチの耳を使ってや。小蘭に逃げられたんやろ」

「……なんで知ってるねん」

「教えて欲しかったらウチと組んで」

愛染がカラカラと笑った。「大したガキやのう。末恐ろしいわ」

「オレと……組むんじゃねえのか……」万利男は麦子の足にすがりついた。

「ごめんね、万利男ちゃん。ウチもそのつもりやってんけど、たっぷり寝たら気が変わってもうてん」

麦子が、万利男の顎を蹴り上げた。

「サイコーなガキやな。名前は？」

「木村麦子」

「よしっ。今から俺の相棒にしてやる。銃を店の奥に投げ捨てろ」

麦子が銃を捨て、愛染の横に寄り添った。

「麦子、お前は何が怖い？」愛染が肉切り包丁を拾い上げる。

麦子がしばらく考えて、答えた。「目が見えるようになること」

「なんでや？」

「だって、真実が見えなくなるやん」

ごもっともだ。

愛染が肉切り包丁を振り上げ、近づいてきた。
さっさと殺(や)ってくれ。万利男は首を差しだした。
どこからか、カーペンターズの『シング』が流れてきた。
たぶん、空耳だ。ありえねえ。
オレは死ぬのか……まあいい。これで、やっと悲しいことを忘れられる。

第3章　娼婦（しょうふ）

1

「小蘭、愛してる」

茶谷が小蘭の手を握りしめた。

また、はじまったわ。この男はやっかいな頼みごとをするとき、必ず目を潤ませて愛の言葉を囁くんだから。ほんとワンパターンよね……。

「お願い。愛してるから。このとおり」茶谷は小蘭の手を放し、頭の上で両手をあわせた。

「このとおりて、なに？　あやまてるの？」小蘭は日本語で茶谷を責めた。片言でしか喋れないのが悔しい。中国語なら木っ端みじんになるまで罵ってやるのに。

「だから、愛してるってば」

だからって、なによ……。もっとマシな言いかたがあるでしょうに。どうせ丸め込むつもりなら、嘘でもいいから素敵な言葉を並べて欲しいわ。

小蘭は頬を膨らませ、ため息を飲みこんだ。このごろ茶谷は私を抱こうともせず頼みごとばかりしてくる。

《百足屋》の二階——。布団の上で、二人は向き合っていた。ロウソクの灯が揺れ、茶谷の顔に影を作る。古めかしい和室で、壁には天狗のお面がかけられている。

つきあった当初はもっと〝愛してる〟の表現にバリエーションがあった。カワイイとかキラキラしてるとか世界で一番大事とか食べちゃいたいとか。

愛してるって言えば言うほど、魔法が切れる。

どうしても幸せになりたくて、オーシティに来た。

福建省の田舎の村では、畑をどれだけ耕しても幸せの実は生らない。

貨物船のコンテナの中に、他の密航者と一緒にギュウギュウに詰め込まれて、国を捨てた。

五日間船に揺られ、真夜中、オーシティの南港に着いた。

コンテナから出るとひんやりとした空気が小蘭を包み、とてつもない解放感を味わった。

わたしは自由なの！　この街で素敵な人生を送るのよ！

自由なのは、ほんの三十秒だけだった。

「おい、姉ちゃんはこっちや」

《鳴海会》のヤクザたちが待っていて、小蘭と何人かの若い女の子たちはワゴンに押し込まれた。

日本語をまだ話せなかったので、どこに行くのか聞けなかった。

「大人しくしとけよ」

助手席に座っていたヤクザが、銃をチラつかせた。男の歯は全部金歯だった。

ワゴンが走ってるときも、金歯の男はニヤニヤしながらずっと小蘭を見てきた。

しばらくすると、《涅槃タウン》の艶かしいネオンが見えてきた。

「ここがお前らの働く場所や」

ゲートで仕切られた街だ。そこが、いかがわしい場所だとすぐにわかった。他の女の子たちも諦めきった顔をしている。

誰も泣いたりなんかはしなかった。コンテナで疲れていたせいもあるが、密航までして自分の人生を変えようとする女は、これしきのことでは泣かない。

「降りろ」

女の子たちが、ぞろぞろとゲートをくぐっていく。

「お前はまだや」

小蘭だけ、ワゴンに残された。

金歯の男がいそいそとズボンとパンツを脱ぎ始めた。

「こんな上玉がおるとはのう」鼻の下を伸ばし、小蘭のおでこに銃を突きつける。

「しゃぶれ。歯を立てたらぶっ殺すど」


「これを預かってくれ」

茶谷が小さな箱を取り出した。

「なによ……これ？」

「いいから、どこかに隠しといてくれ」茶谷が、強引に箱を渡してくる。「絶対に中を見るんじゃねえぞ」

てっきり、また「金を貸してくれ」と言われると思っていたので拍子抜けした。

「……みちゃだめ？」

「ダメだ」茶谷が真顔で答える。

もしかして、サプライズなわけ？　箱を開けたら指輪が入ってるとか？

「ぷろぽーず？」つい、訊いてしまった。

「なわけねえだろ」茶谷が馬鹿にしたように笑う。

カチンと来たわよ。愛してると言っておきながら、キスも抱きしめもしないで偉そうにするんじゃないわよ。中国の女をナメやがって、金玉を潰してやりたいわ。

「ヤバいんだよ。俺が殺されてもいいのか」

そういえば茶谷の顔色が変だ。額からボタボタと脂汗が垂れてくる。

「いやよ」

「今まで俺がお前のことを守ってやったろ」

小蘭は仕方なく頷いた。確かに、〝耳切り茶谷〟はオーシティでは有名人だ。「俺の女になれ」としつこい客や、「ケツの穴でやらせろ」と乱暴にしようとする客には、茶谷の名前は絶大な効果がある。

『わたし、ちゃたにのおんなよ』

大抵の男は、その一言でペニスが縮み上がり、耳を押さえてそそくさと去っていく。

「今度はお前が俺を守ってくれよ、な?」茶谷が甘えた顔で言った。

ずるい。だけど、いつも許してしまう。

スキンヘッドで全身刺青だらけの茶谷は、みんなに恐れられている。そんな男が自分に甘えてくるだけで、気分がいい。

小蘭は渋々と箱を受け取った。思ったよりも軽い。

「誰にも言うんじゃねえぞ」

「ままにも？」千代子ママには嘘をつきたくない。

「当たり前だ。俺とお前だけの秘密だ」

自信はない。ママはエスパーのように鋭い。その場にいなくても、遠くからじっと見られているような気がする。

小蘭が黙っていると、茶谷が抱きしめてきた。塩らっきょうのニオイがした。

「小蘭、愛してる」また言った。挨拶みたいだ。「どこに隠したのかは俺にも言わないでくれ」

茶谷が帰ったあと、小蘭はこっそりと箱をあけた。

「ひゃっ！」悲鳴を上げて箱を落とした。

畳の上に、薄茶色の〝耳〟が転がる。

うそ……。心臓がドキドキしすぎて痛い。

なに、これ？　茶谷が切ったやつ？

いたずら？　茶谷はそんなにチャーミングなことをする男ではない。毎朝、食べるものが決まっていたり、チンピラのくせにウォーキングをしたりする神経質な男だ。

小蘭は、〝耳〟に恐る恐る近づいてよく観察した。

切り口に血がこびりついている。どう見ても本物だ。

「小蘭ちゃん、どうしたの」

襖の向こうから千代子ママの声がした。

小蘭は驚きのあまりオシッコが漏れそうになったが、なんとか我慢した。慌てて布団の下に〝耳〟を隠す。〝耳〟はひんやりと冷たくて気持ちが悪い。

「何かあったの。大丈夫？」ママが襖を開けた。金色のカツラにスパンコールのドレス。愛する娘を見る母親のように微笑んでいる。

「ごきぶり……」小蘭は苦し紛れの嘘をついた。

「あらやだ。また出たの」ママが顔をしかめる。

涅槃タウンには屋台が多い。ネズミやゴキブリたちの天国でもある。

ママが、小蘭の足元に転がっている箱に気づいた。

「それ、何の箱？」微笑んだままだが目は笑っていない。

「ぷ、ぷろぽーず、された」

「茶谷に？」ママが目を見開く。

小蘭は引きつった笑顔で頷いた。

どうしよう。あまりにもヘタな嘘だ。中国語なら、もっとうまくつけるのに……。

「指輪はどこ？　見せてちょうだいよ」

「え……ない」

「どうして」

「ゆび……はいらないのよ」もうヤケクソだ。

「サイズが合わなかったの」

小蘭は頷いた。やっぱりママに嘘をつくのは心苦しい。

「もう、男ってやつは肝心なときにヘマするね」

「ろまんちっく、だいなしよ」

二人で笑う。なんとか、ごまかせた……はずだ。

「今夜はお祝いするわよ」ママが、張り切って部屋を出ていった。

ドスドスと階段を降りていく音がする。

小蘭は体の力がいっぺんに抜けて、布団にへたりこんだ。

布団の下から〝耳〟を取り出し、箱に戻す。

茶谷のバカ。小蘭は途方に暮れた。

……こんなもの、どこに隠せばいいのよ。

2

「この世を支配する女たちに」

千代子ママがカウンターの前で乾杯の音頭を取った。

涅槃タウンのホルモン屋《十十》に集まった女の子たちが、歓声を上げて生ビールやサワーや焼酎やホッピーやカクテルのグラスを上げた。ホルモンのタレが焦げる香ばしい匂いや、どて焼きの甘い味噌の匂いが胃袋を刺激する。

小蘭は、〝耳〟のせいで食欲がなかったが、テーブルに料理が並ぶと自然に唾が湧いてきた。

女の子たちは皆陽気だ。そうでないと、この職業は勤まらない。毎晩、この店で飲んで歌って踊って笑っている。もちろん、中には悲しくて泣いている子もいるが、ママが隣に座れば五分後には大麻でも吸ったかのようにハイになる。

「みんな聞いておくれ」ママが重低音の声を響かせて言った。

一斉に店内が静まりかえる。

ママの声は、一種の兵器だ。毎日、あんなバカでかい声で怒鳴られたら（本人は怒鳴っているつもりはないのだが）耳がおかしくなってしまう。実際、耳元でママにくしゃみをされた子は鼓膜が破けた。

「小蘭、こっちへおいで」ママが手招きして呼んだ。

小蘭は少し照れくささをミックスさせた笑顔を慌ててこしらえ、ママの隣へと行った。

「今日、何があったと思う？」

秘密めかして少しだけ声を落としたママの問いかけに、女の子たちが期待満々の顔で小蘭を見る。

「なにー、おしえてー、やらしーことー？」

アルゼンチン人の娼婦が囃し立て、女の子たちが冗談に笑う。

最近、ラテン系の女の子が増えてきたせいもあって《十十》は毎晩がカーニバルのようになる。この涅槃タウンには、さまざまな国の女の子が集まっていて、サッカーボールがあればワールドカップが開催できるぐらいだ。

「なんと、今日、小蘭は……」ママが、焦らすように女の子たちの顔を見回す。

全員が、ゴクリと唾を飲んだ。

「小蘭が結婚するのよ」胸に手を当て、うっとりと目を閉じたママが、地球の裏側まで届くかのような声で発表した。

店中の女の子が絶叫する。一斉に小蘭の元に駆け寄ってきて、キスとハグの嵐を浴びせてきた。中には感動して号泣している者までいる。

やってしまったわ。嘘が大きくなっていくじゃない。もう、わたしの力では止められないかも。

ママまで涙ぐんで、他の女の子たちと抱き合っている。カウンターの万利男だけが一人冷静だ。無愛想な顔でグラスを磨く。

万利男は狂暴な男だ。ママの弟だが、人を殺して刑務所に入っていた。出てきてからここのバーテンダーになったが、バーテンよりも用心棒として忙しい。

「小蘭を胴上げするわよ」

千代子ママの掛け声で、小蘭は囲まれた。

「い、いいよ。そこまで、もりあげなくても」

無駄な抵抗だった。ぽん、ぽんと体が二度三度と宙に舞う。

どうして、みんながこんなにも喜んでくれるのだろう。

「結婚式はここでやるわよ」ママが宣言する。

ああ、そうか。

ここの女の子たちには、〝結婚〟なんて言葉とは無縁なんだ。籠の中にいる鳥だもん。オーシティの籠は、たしかに居心地がよすぎる。でも、籠の中であることに変わりはない。

大騒ぎする女の子たちの真ん中で、小蘭は宙を舞いながら考えていた。

〝耳〟を隠したあの場所は、安全かしら……。

茶谷が〝耳〟を持ってきたことで、何かが動き出した。

女の勘だけど、《涅槃タウン》から逃げなくてはいけない日が来る。きっと、追い出されるわ。

わたしが預かってしまったのは、触れてはいけなかったものなんだ……。

宴が最高潮に達したとき、万利男に呼ばれた。

「小蘭、地下室に行け。ママが待っている」

「えっ？　わたし、まーじゃん、だめよ」

地下室はママが麻雀をやるためのＶＩＰルームだ。

「麻雀じゃない。ママは一人で待っている」万利男がカウンターの奥のドアを指した。

地下室に行きたくない。ママのことは大好きだが、今夜は嫌だ。
でも、断ることはできない。涅槃タウンでは、ママは絶対だ。何があっても彼女を怒らせてはいけない。

「早くしろ。待たせるな」万利男が静かに言った。

さすがママの弟だ。決して凄んではいないが、人に有無を言わせず従わせる迫力がある。

顔中ソバカスだらけの男。身長は低いけど、怖がって誰も万利男に話しかけない。笑った顔が想像できないほど、いつも不機嫌な態度を取っている。

この男にとっての幸せは何かしら？　女を抱いたことがあるの？　それともゲイなの？

小蘭や他の女の子たちに、これっぽっちも興味を示さず、ホルモンや酒瓶でも見るような目で話しかけてくる。涅槃タウンにやって来る男たちとは、住む星が違うみたいだ。

万利男が太い腕で地下室に続くドアを開ける。小蘭は怖じ気づいて店内を見渡した。みんな、酒と馬鹿話に夢中で、誰もこっちを見ていない。

万利男が顎で階段の下を指す。地獄へと続いてるんじゃないかと思うぐらい暗い。

息苦しい階段を降り、もう一枚のドアをノックした。

「入っておいで」ママが言った。声に張りがあるが、楽しくてウキウキするような話ではなさそうだ。

ドアを開けると、部屋の中は無人だった。ママはいない。部屋の中央に、麻雀卓があるだけだ。

出入り口は、今、小蘭が開けたドアしかない。

「まま？　どこ？」

おかしいわ。ママの声は聞こえたはずなのに……。

「ここよ、ここ」

麻雀卓の下から声が聞こえた。

「……かくれてるの？」

「麻雀卓をどけてごらん」

言われるがまま、麻雀卓を押した。重たいが、動かないほどではない。

麻雀卓の下に丸い蓋（ふた）があった。蓋を開けると、ママがビックリ箱の人形のようにいきなり顔を出した。

「ひっ」小蘭は、驚いて短い悲鳴を上げた。膀胱（ぼうこう）がキュッと締まってオシッコが漏（も）れそうになる。

「どう？　いいでしょ、ここ」ママは得意気だ。

「かくればしょ？」

体重百三十キロという噂のママが入れるぐらいだから、普通の女なら二人は隠れることができる。

「もし、誰かが〝耳〟を奪いにきたら、ここに逃げ込みなさい」

「はい」思わず返事をしてしまった。慌てて口を押さえたが、手おくれだった。

ママが、器用に穴から這い出してきた。「私に嘘は通用しないわ。この街で生き抜くためには必要不可欠の能力よ」

「どして……わかたの」小蘭は震える声で訊いた。

「ここを見ればわかるの」ママが、小蘭の額を指した。「あんたがゴキブリの話をしたとき、オデコに皺が寄らなかった」

小蘭は反射的に額を触った。

「気持ち悪いものやおぞましいものを見ると、人は必ず、オデコの筋肉が動く。一人一人、癖はあるけどね」

……女の子たち全員の癖を覚えてるの？

いや、ママなら、それぐらいやりかねない。

「さっきの乾杯のあと、《百足屋》に確認しにいったの。あんたが持っていた箱に、何が入っていたのか……まさか、あんなものが入っているとは思わなかったけどね。びっくりして悲鳴あげちゃった」

悲鳴は嘘ね。ママはそんなタマじゃないもん。

「みみ……どこ？」

ママが胸の谷間から小さな箱を出す。小蘭が必死で考え、天狗（てんぐ）のお面の裏に隠した箱だ。

「あんなベタな場所に隠しちゃダメじゃない。バレバレよ」

「ごめんなさい」小蘭は恥ずかしくなって、俯（うつむ）いた。

ママが箱を開け、指で〝耳〟をつまんだ。「なんなのこれ？　どうして茶谷はこんなものを置いていったの？」

小蘭は首を横に振って答えた。

「本当に何も知らないの？」ママが、占い師のような目で小蘭の顔を見た。顔の筋肉の動きをチェックしている。

「嘘はついてないみたいね」

念のため、力強く頷いた。

「準備しておいたほうがよさそうね」ママが、〝耳〟を箱に戻した。

「……じゅんび？」

ママの顔つきが険しくなる。「逃がし屋キムを呼ぼう。そのうち、オーシティ中の悪党が、この〝耳〟を狙ってくるよ」

やっぱり、触れてはいけないものだったんだ……。

足元から急に恐怖がせりあがってきて、またオシッコが漏れそうになる。

「どうして、わかるのよ」怖さを押し殺すため、ムキになって訊いた。

「決まってるじゃない」千代子ママは半歩だけ小蘭に近寄り、いつもの優しい顔になった。「女の勘よ」

3

二日後、茶谷の金玉が潰された。

何者かに地下室に拉致され、万力で挟まれたのだ。

茶谷は病院に入院したが、千代子ママには「お見舞いに行かないほうがいい」と言われた。あの狂暴な茶谷をそんな目に遭わせた奴のことだ。きっと病院で張り込んでいる。

《百足屋》の千代子ママの部屋に、小蘭は呼ばれていた。他の部屋はすべて和室だけど、この部屋は洋室だ。高そうな洋画や、彫刻や壺が飾られている。

「愛染の仕業ね」ママが、太い首に紙エプロンをつけながら言った。

「……うそ、でしょ」

「愛染京太郎よ」ママは確信に満ちた顔で答える。「〝耳切り茶谷〟の金玉を潰せる奴が他にいると思う?」

小蘭の足元にポッカリと開いた、深くて暗い穴へと落ちていくみたいだ。

……ああ……終わったわ……。よりによって、《死神》に狙われるなんて。

涅槃タウンに売られたときよりも遥かに絶望的な気持ちになる。

「そんな顔しないの」ママが、小蘭を叱る。「女の武器は満ち溢れる自信よ。美しさや愛嬌やセックスのテクニックじゃない」

小蘭は下唇を嚙み、頷いた。目眩がして、まともに立ってられない。恐怖のあまり、涙も出なかった。

「私がついているでしょ。もっと胸を張って」

小蘭は無理やり顔を上げた。

ママは笑顔でフォークとナイフを手に取った。「いいわよ」

「失礼します」ママのひとことでドアが開き、コック帽を被ったシェフが入ってきた。銀色のワゴンをゴロゴロと押している。

「お待たせしました」シェフが、銀色のドーム状のフタを取った。

鉄皿の上でジュージュー音を立てるステーキが現れた。部屋中にソースの焦げる香ばしいニオイが充満する。

シェフはママの前にステーキを置き、部屋を出ていった。

ママは、ランチにステーキを食べるのが日課だ。肉の焼き加減に異常にうるさい。そのため、《百足屋》にはママ専属のシェフがいる。

「愛染が相手か」ママのフォークが、国語辞典みたいに分厚いステーキに突き刺さった。

「……わたし、ころされるよ」声がかすれてしまう。

ママはナイフでステーキを切り取り、大きな口に入れた。ぐにぐにと肉を噛み、ゴクリと飲み込んだ。

肉の切り口から赤い血が滴り落ちている。

愛染を初めて見たのは、花火大会の日だった。

ママが、《百足屋》の女の子たちを淀川の花火大会に連れていってくれたのだ。

滅多に涅槃タウンから出ることのできない女の子たちは、はしゃいでいた。浴衣を着て、夏の夜空に打ち上がる花火に歓声を上げ、うっとりと見とれた。

河原は人で溢れていた。家族や恋人たちが、みんな幸せそうな笑顔を浮かべている。花火が派手になり、クライマックスに近づいたとき、突然、観客たちが走りだした。悲鳴を上げている者までいる。人が多すぎるため、そこら中でぶつかりあって倒れている。

人の波が割れた先に、一人の男が立っていた。

クライマックスの花火が上がり、男を照らす。

それが、愛染京太郎だった。

肉切り包丁を手に持ち、白いスーツを返り血で染めていた。美しい男で、なぜか神々しく見えた。足元に片腕を切られた男が悶えている。

「逃げるよ」ママが言った。

《百足屋》の女の子たちも血相を変えて走りだした。わけがわからなかったが、小蘭も慌(あわ)ててみんなを追いかけた。

そのときの一瞬で、あの男の醸(かも)しだすオーラが尋常じゃなく危険なことだけはわかった。

「あいつ……だれ？」小蘭は、走りながらママに訊いた。

「オーシティの死神だ」ママは巨体を揺らしながら答えた。「奴に狙われたら、死ぬしか助かる方法はないよ」

「うで……きられてた……」

「いい医者に診てもらえば、くっつけるぐらいは簡単なんだけどね。愛染が許してくれたらの話なんだけど」

小蘭は振り返って、愛染を見た。

切り落とした腕を淀川に投げた瞬間だった。

「あーあ」ママが顔をしかめた。「鬼だね、あの男は」

ステーキがあっという間になくなった。

ママは、用意された赤のグラスワインをイッキに飲み干し、満足げにゲップをする。

「まま！　たすけてよ！」小蘭は耐えきれなくて叫んだ。

「小蘭。そんなに怖がらないで」ママが、ナプキンで口元を拭った。「あなたのことは私が守る。愛染には指一本触れさせない」

「……しんじて……いいの？」

「言ったでしょ。私たちに残された武器は自信だって。自分を信じなさい」

「うん。しんじる……」

信じるしかない。茶谷がいない今、小蘭に手を差し伸べるのはママしかいないのだ。

「パスポートがいるわね」

「ぱすぽーと？」

「中国に戻ったほうがいい。日本じゃ愛染から逃げ切れないわ」

「わたし、ないよ」そんな便利なものがあるのなら、わざわざコンテナに詰め込まれて日本にやって来はしない。

「もちろん、偽造を作らせるわ。……二日はかかるわね」

二日もの間、愛染から逃げきれるだろうか？

肉切り包丁で追い回される姿を想像してしまい、背中に寒いものが走った。

「二日ぐらいなら、キムがなんとかしてくれるわ」

膝が勝手にガクガクと震えてきた。

「おいで」ママが両手を広げた。

小蘭はママに抱きつくと、赤ん坊のように豊満な胸に顔を埋めた。キツイ香水と肉のニオイがする。

「ごめんね。本当は私が愛染と戦ってやりたいんだけど」

「わかてるよ」

「守らなきゃいけない娘がたくさんいるんだよ」

「わかてるてば」

愛染を敵に回せば、《百足屋》が潰されてしまう。小蘭が逃げるしか助かる道はないのだ。

「あとは〝耳〟の隠し場所ね」ママが、胸の谷間から小箱を出した。「私が預かってあげたいんだけどね」

「ママ、むりしないで」

「隠し場所は決まった？」

小蘭は首を振った。「……わからない」

色々考えたが、まったく思いつかない。考えすぎて寝不足なぐらいだ。

「すてちゃ、だめ？」

今度はママが手を振った。「もし、愛染に捕まったら拷問されるわ。捨てたと言って通用する相手じゃないでしょ。それに、いざってときの切り札になるかもしれない」

「あいぞめに……わたすのは？」

「殺されるわ。秘密を知っていると思われている」

「ひみつて、なに？」

「知らないほうがいい。本当に命取りになる」

「どうすればいいのよ！」思わず声を張り上げてしまった。

「小蘭。逃げるしかないの」

ママが、テーブルのメモ用紙を取った。太い指でペンを握り、さらさらと数字を書く。

ケータイの電話番号だ。

「最悪の場合、ここに電話して」

「これ、だれのでんわ？」

「殺し屋よ」千代子ママがメモを小蘭に手渡した。「しかも夫婦の殺し屋なの」

4

〝耳〟の隠し場所もようやく見つかった。ただ、新しい隠し場所は不安だ。いつ見つかるかとドキドキしてしまう。

「灯台もと暗しよ」千代子ママはそう言っていたが、本当に大丈夫なのかしら？考えても仕方がないわ。あそこに隠したからには、もう動かすことはできないし。どっちみち愛染に捕まってしまえば殺されるもの……。

小蘭は覚悟を決めた。絶対に逃げきってやる。

ホルモン屋《十十》にキムが現れた。

この人が逃がし屋なわけ？冴えない風貌を見る限り、とてもじゃないけど凄腕の逃がし屋には見えない。

「今日こそママに勝たしてもらうで」

キムが鼻息荒く、地下のＶＩＰルームへと降りていく。どうやらママの麻雀仲間らしい。

ママの話では、イカサマ麻雀でキムに借金を作らせ、その借金を帳消しにするかわりに「小蘭を逃がせ」と依頼する。そうでもしないと、愛染の名前を聞いただけで断られるからだ。

「荷物をまとめて着替えてこい」万利男が小蘭に指示を出した。

小蘭は着物姿だった。《百足屋》の女の子たちは着物で過ごさなくてはならない。ユニフォームみたいなものだ。色は何種類かあるが、どの着物にも背中に大きく《百》の文字が書かれている。

たしかに、この恰好(かっこう)では逃げられない。小蘭は急ぎ足で《十十》を出た。自分の着替えと荷物は《百足屋》に置いてある。

一瞬、万利男に「ついてきて欲しい」とお願いしようか迷ったが、鼻で笑われそうなのでやめた。

人殺しの手なんて借りたくない。

人の気配がした。

《百足屋》の自分の部屋——。

女の喘(あえ)ぎ声や客の呻(うめ)き声とは別の息づかいを感じる。耳を澄ますと、ゆっくりと忍び足でこっちに近づいてくる音がした。

愛染ではない。確信があった。奴なら、泥棒のような真似はしないはずだ。堂々と登場し、堂々と目的を果たす。

じゃあ、誰なのよ?

武器を探した。部屋の中にあるもので、一番重いものが一・五リットルのペットボトルだ。

小蘭はペットボトルを持ち、思い切って襖を開けた。

タキシード姿の男が立っていた。疲れ切った顔で小蘭を見ている。

「和服にガーターはおかしいだろ。客の趣味か」いまにもヘタリ込んでしまいそうな様子なのに、男はニヤけた顔を繕って言った。

タキシードが異常なほどヨレヨレだ。雰囲気でカタギの人間ではないとすぐにわかる。かと言ってヤクザにも見えない。こんなに無防備な笑顔のヤクザはいない。

誰よ? 愛染の手下なの?

体がまた震えだした。せっかく、キムが来てくれたのに、こんなところで捕まりたくない。

逃げなくちゃ。

着替えてる途中だったので着物がはだけている。このままでは走れない。

「わたし、なにもしてない」とりあえず、話しかけて相手の出方を見る。

「わかってる。俺は警察じゃない。安心しろ。茶谷の友だちだ」

「ほんと?」信用するな。嘘かもしれない。

「ああ、本当だ。アイツから預かってるものがあるだろ」

やっぱり。こいつは愛染の仲間なのね。

「こっちよ」小蘭は手招きをし、部屋へと戻った。

襖を閉めて、一・五リットルのペットボトルをかまえた。

襖が開いた瞬間、男の顔めがけてペットボトルを投げつける。眉間に直撃し、男がもんどりうって倒れた。

小蘭は着物を脱ぎ捨て、階段を駆け下りた。

客引きのお婆ちゃんの横を走り抜け、《百足屋》から飛び出した。店の前にいた観光客たちが目を丸くして驚く。

「どけ!　じゃまよ!」

小蘭は人波を掻きわけ、無我夢中で逃げた。

息が苦しい。全力で走るなんて、酔った父親に抱きつかれて逃げた十二歳のころ以来だ。胸がブラジャーからとび出しそう。ガーターベルトのクリップもはずれて、ストッキングがずり落ちてきた。足が空回りして転びそうになる。

すれ違う男たちが、仰天して喜ぶ。指笛を鳴らす者もいた。

どけよ、てめえら！　見せ物じゃないわよ！

「タキシードの兄ちゃん！　もう少しやぞ」「兄ちゃんもタキシード脱がんかい」観光客たちが騒ぎはじめた。

ヤバい！　もう追いかけてきたの？　怖くて振り返れない。

ホルモン屋《十十》の看板が見えてきた。

もう少しだ。あそこまで辿り着ければ、千代子ママがなんとかしてくれる。


「あんた、男運がないね」

千代子ママと初めて会ったときに、そう言われた。

《百足屋》に連れてこられた小蘭は、金歯の男に無理やりフェラチオをさせられ口の中に出されたあとだったので、すこぶる機嫌が悪かった。

すでに《百足屋》にいた中国人の女の子が、小蘭のために通訳をしてくれた。

「あんたは男で苦労するよ。利用されて振り回されて、いつかボロボロになる日がくる。そういう女だ」

「決めつけるのはやめてよ。会ったばかりなのに、わかるわけないじゃない」小蘭は早口の中国語で答えた。

「顔を見ればわかるのよ。不幸な女は、この街に星の数ほどいるんだから」

この太った女は何様のつもりだ？

「黙れ、デブ」この言葉は訳してくれなかった。

「小蘭」突然、頭を撫でられた。「今日から、私があんたのママだ」

手を振り払いたかったが、体が動かなかった。くしゃくしゃと髪を掻き回され、不覚にも気持ちが良くてウットリしてしまった。

太った女からは、懐かしいニオイがした。故郷の広大な茶畑のようなニオイ。体を投げ出したくなるようなおおらかなニオイ。

いつの間にか、《百足屋》の女の子たちに囲まれていた。みんな、笑顔で小蘭を見ている。恥ずかしくて居たたまれなくなり、顔を上げることができない。

「紹介するよ。私の家族たちだ」

女の子たちが口々に、挨拶をしてきた。

「よろしくね」「仲良くしてね」「頑張ろうね」「負けないでね」

一つ一つの言葉を中国人の女の子が訳してくれる。

小蘭は戸惑い、狼狽した。口の中に残っていた嫌な感触も、どこかに消えた。

「ここに来てくれてありがとうね」最後の女の子が言った。

「これで、もうあんたは私の娘だ。〝千代子ママ〟と呼んでおくれ」

女の子たちが微笑んだまま、小蘭の言葉を待つ。

「ちよこ……まま」小蘭は片言の日本語で言った。

全員が拍手をして、小蘭の日本語を褒めてくれた。

「さあ、飲むよ！」千代子ママが手を叩いた。

「この世を支配するのは女なんだからね。酒飲んで騒いで暴れるわよ」


「もう出てきてもいいぞ。追っ手はいねえ」

頭の上で、麻雀卓が動く音がした。小蘭は急いで穴蔵の蓋を開けた。長時間、三角座りで眠っていたせいで体中が痛い。トイレにも行きたい。

「あなた、にがしやさん？」部屋の明かりが眩しく、目が開かない。

「違う。オレはお前の用心棒だ」

万利男だった。てっきりキムが来たと思った。

「まりおが、わたしの？」

「そうだ。パスポートができるまでの間、オレがお前を守る」万利男が手を伸ばした。

小蘭はその手を摑み、穴から這い上がった。石みたいに硬い手だ。

「……きむは？」

「今、タクシーでここに向かっている」

小蘭は、万利男をしげしげと見た。赤ら顔でソバカスだらけの、木こりのような男。豆電球の明かりが二人の間を照らしている。壁に映る万利男の影は、とても寂しそうに見えた。

女の勘でわかる。この男は愛に飢えている。きっと、誰よりも強く。

「しんじゃ……いやよ」小蘭は、心の底からお願いした。

「オレが？」口を歪めて笑う。

万利男の笑顔を初めて見た。

「やくそく」小蘭は、右手の小指を立てた。

「ああ。約束する」

万利男の小指とからめる。〝指切り〟も千代子ママが教えてくれた。

5

「ドアから離れろ」

万利男が拳を固め、獣のように背中を丸めた。

《大黒グランド》のエレベーターが、一階に着いた。

小蘭は、エレベーターの壁に背中をつけた。真横にいる羽田も青白い顔をしてドアから離れる。

「ドアの前に何人いる？」万利男が麦子に訊いた。

麦子は答えない。父親を殺されたショックでひどく動揺しているのだ。

「あぶないのよ！」

小蘭は麦子を抱きしめた。細くてか弱い体が震えている。

ドアが開いた。

「確保！」

数人の警官たちが、怖い形相で乗り込んできた。

耳の潰れた警官が万利男を捕まえた。万利男の倍はある大男だ。もう一人のちっちやい方の警官が、万利男の髪の毛を摑んで引っ張る。

「まりおちゃん！　やっつけてよ！」小蘭は叫んだ。

万利男が、腕を摑んでいる大男の膝を蹴った。パキッと骨が折れる音がした。

「あがっ」大男が顔を歪め、万利男を放し、しゃがみこんだ。

万利男は左手でちっちゃいのの喉を摑んだ。右手が使えないみたいだ。力なくダラリと垂れている。

「えごっ……がばっ」ちっちゃいのが口から血を吐いた。

そのまま万利男はチビ警官の耳を引っ張り、顎に膝蹴りを叩き込んだ。

チビが倒れ、しゃがみ込んでいたデカいのに重なる。

「ひいっ」

万利男が今度は左の拳を振り回し、デカい方をぶん殴った。

「……強ええ」羽田はあんぐりと口を開けている。

ボンと音がして、ガスが噴き出した。

「なによ！　これ！　かお、いたいのよ！」目と鼻が猛烈に痛い。喉も焼けるように熱い。

「クソッ！　催涙弾だ！　俺は愛染の仲間だ！　逮捕するんじゃねえぞ！」羽田もわ

めく。

目が見えない！　痛い！

「麦子！　小蘭！　逃げろ！」万利男の声が聞こえた。

「万利男ちゃん！」麦子の声もする。

無数の腕が小蘭を摑んだ。もの凄い力で床に押しつけられる。警官に捕まってしまった。

助けて……。

小蘭は手を伸ばした。空を摑むだけで、そこに万利男はいない。

誰かが、小蘭の顔面を蹴った。

目が覚めても、まだ闇の中だった。

目隠しをされている。

しかも、手足を拘束されて身動きが取れない。仰向けのまま、何か板のようなものに磔にされている。

ここはどこなのよ？　今から何をされるわけ？

体中の痛みに堪えながらもがいてみたが、びくともしない。

何よ、これ。どうなってんの？　わたしはテーブルに寝かされているの？

押し寄せてきた恐怖で、全身の毛穴が一斉に開く。茶谷も特製の万力テーブルで金玉を潰された。今度こそ本当にオシッコが漏れそうになる。

「た……たすけて……」掠れる声で言った。

人の気配はしない。

「たすけて！」勇気を振り絞り、叫んだ。

自分の声が冷たく響くだけで、誰も返事をしてくれない。

パニックに陥りかけたのをなんとか堪えて、全神経を集中させた。

……黴臭いニオイに混じって、わずかだが、血のニオイがする。

部屋の外からの音がまったく聞こえない。防音が完璧だということだ。

間違いない、愛染の拷問部屋だ。

小蘭は、《大黒グランド》の屋上での愛染の姿を思い出した。

ライフルでヘリコプターを撃ち落としたあと、全裸になりわめき散らしていた。目的のためなら手段を選ばない男。

だけど愛染を見た瞬間、不思議な感覚がした。

この男は、わたしと似ている。どこにも逃げられずに狂っている。

海を渡るコンテナの中は地獄だった。

日本に着くまでの五日間、コンテナの外に出ることは許されなかった。二リットルの水のペットボトルと缶詰類とペンライトを支給され、全員が紙おむつをつけさせられた。

人間として生きている気がしなかった。おむつの中で糞尿(ふんにょう)を垂らし、そのおむつをゴミ袋に溜(た)めていく。充満するニオイに我慢できず吐くものもいた。

だけど、弱音を洩(も)らしたり、泣いたりする人間は一人もいなかった。コンテナに乗り込んだ時点で、覚悟はできていた。この地獄を乗り越えないと、新しい未来は開けない。

幸せになるためなら、手段は選んでいられなかった。

私語も禁止されていた。コンテナの闇の中、波の音と船が軋(きし)む音だけを聞いていた。

もうすぐだ。もうすぐ、わたしは生まれ変われる。

世界一夢のある街で、お金を稼ぎ、いい部屋に住み、おいしいものを食べ、結婚して子供を作り、故郷の家族たちを呼び、ずっとずっと笑って暮らす。

その夢が叶(かな)うなら、どんな地獄も大歓迎だ。

ただがむしゃらに貪欲に、自分が描いたとおりの人生に変えてみせる。

足音が聞こえてきた。階段を降りる音だ。

足音が止まり、何かのスイッチを入れる気配がした。

かすかに囁くほどの大きさで、女の歌声が流れ出す。

「恐怖って、何やろうな？」闇の中、高くて澄んだ声が聞こえた。

愛染の声だ。

「真の恐怖って、一体、何やろうな？」

「や、やめて……」喉がカラカラで声が出ない。

口の中が切れていて血の味がする。小蘭は血を飲み、少しでも喉を潤した。

「秘密を隠しながら逃げる恐怖もあれば」愛染の口調は明らかに楽しんでいる。「捕まってその秘密を話してしまう恐怖もある」

目隠しが外れた。それでも室内は仄暗い。

「小蘭。お前は何が怖い？」

目の前に愛染の顔があった。驚くほど優しい目をしている。

「……おしえる」心の中で何かが音を立てて折れた。

「ええ子や」愛染が小蘭の頭を撫でた。「どこに隠してんねん？」

「わたしの……みみ」

「お前の耳なんてどうでもええわ」

「わたしのみみと、すりかえたの」

愛染の顔色が変わった。小蘭の髪をかきあげる。

「ここか……」

茶谷が切り落とした〝耳〟は、自分の耳と入れ換えた。千代子ママに腕のいい医者を紹介してもらい、自分の耳を切り、代わりに〝耳〟を縫いつけてもらった。三時間に一度、防腐剤入りのクリームを塗らなきゃいけないのが面倒だが。

「まさに、灯台もと暗しやな」

白ずくめの悪魔が、もっと優しい目で微笑んだ。

6

「どして、みみなんか、ほしいのよ」小蘭は泣きながら訊いた。

何もできない絶望感にうちひしがれた。もう、舌を嚙んで死にたい。

「ホンマになんも知らんのか」愛染が、小蘭の目を覗きこむ。

「しらない」小蘭は涙と鼻水をしゃくりあげながら答えた。

「サミーは数学の天才なんや」

「さみーて、だれよ？」初めて聞く名前だ。

「茶谷に耳を切り取られたインド人や」愛染が、白いハンカチで小蘭の涙と鼻水を拭いた。かすかに香水の匂いがする。

「インドでは神童と呼ばれとったらしい。ただ、育った環境が悪くてな、ムンバイのスラム街でいっぱしのワルになって、仲間たちと組んで五十近くの銀行を襲った。インドの警察から逃れるために、オーシティにやってきたんや」

「だから、なによ？」

「オーシティのワルたちが、サミーの才能を放っておくわけがない」

「いみ、わかんないよ。さいのうってなによ？」

愛染が焦らすように間を取り、言った。「金庫破りや。サミーはどんな最新の防犯システムを装備した金庫でも、数学とコンピューターを駆使して難なく破る。賭け将棋で借金を作ったサミーはワルたちに脅されて、オーシティでも金庫破りをするハメになってもうた」

愛染が、小蘭の顔にくっついているサミーの耳を触った。もちろん、神経までつながっているわけではないので触られている感覚はない。

「サミーはここに金庫破りのデータが入ったマイクロチップを隠したんや」愛染がコツコツと何かを叩いた。プラスチックの音がする。星形のピアスだ。「ただの取り立て屋の茶谷が、金庫破りの情報をどこで手に入れたんやろうな?」

「……ぐうぜんよ」つい、かばってしまう。

「偶然にサミーの耳を切り落として、偶然に自分の女に預けたって言うんか? ずいぶん、都合のええ話やのう」

愛染が、肉切り包丁を振り上げた。

「やめて……」

愛染が白い歯を見せる。「ここはオーシティだ。その言葉は通用せえへん」

小蘭はショックのあまり、頭がおかしくなりそうになった。天井がグルグルと回り、吐きそうになる。

もう、どうでもいいわ。さっさと殺してよ。

愛染が、音楽のボリュームを上げた。まるで小蘭を優しく慰めているかのような女性ボーカルの声が、大きくなる。

「美しい声だ」愛染が目を細める。「もし、天使がおるなら、こんな声であって欲しいな」

そのとき、突然、轟音が鳴り響き、オーディオ装置に穴が開いてふっ飛んだ。コンクリートに反響した音で一瞬、耳が聞こえなくなる。女性ボーカルの声が止まった。

銃声だった。火薬のニオイが立ちこめる。

「私、カーペンターズ嫌いやねん」

階段の手前に、派手な豹柄のシャツを着た中年の女が立っていた。手には大きな銃を持っている。体のサイズにまったく合っていない。

女のうしろに、ぬぼーっとした顔付きの中年男が立っている。こちらは小さな銃を持っていた。

「カーペンターズで唯一聞けるのは『トップ・オブ・ザ・ワールド』ぐらいやな。サビの歌詞で《世界のてっぺんから下界を見下ろしている》ってとこは共感できるわ」

豹柄シャツが、銃口を愛染に向けた。

愛染が、大人しく両手を上げる。「誰や、お前ら？」

「毎度。殺し屋の夫婦でおます」女が、ふざけたシャツにふさわしい、ふざけた口調で言った。

夫婦？　千代子ママの言っていた……。

「間に合ったみたいやね」女が小蘭を見た。

「殺し屋が何しに来てん？」

「オーシティの死神を退治しに来たの」

夫婦が息のあった動きで地下室に入ってきた。二人で、徐々に距離を取り、愛染を挟む形で近づいてくる。

「雑魚が俺を倒せるとでも思ってんのか」愛染は動じることなく、夫婦を交互に見た。

「さすが愛染京太郎。ええ度胸してるねえ」どこまでも口の減らない女が笑う。

夫だという男は無表情のまま、一言も喋ろうとはしない。

愛染が、階段を横目で見る。「表の見張りはどうした」

「始末させてもらいました」女は、得意気に銃をかざす。

「警官を殺したのか」

「殺すのが仕事やさかい」

「俺を殺したら、オーシティ中の警察に追われるぞ」

「それはどやろ？」女は笑みを崩さない。「案外、喜ばれたりして」

「確かにな。俺もそう思うわ」

夫婦が同時に足を止めた。

「どっちが先に撃つ?」度胸があるのか、アホなのか、こんな時に謎の相談が始まった。

「アホなこと言うな。もちろん、夫のわしに決まってるがな」男の顔に初めて感情らしいものが浮かび、ムッとして答えている。

「そうはさせへんよ。アンタ、『わしが愛染を倒したで』って手柄を独り占めする気やろ?」

「ええがな、それぐらい。たまには夫に花を持たせんかい」

女がヒステリックに怒鳴りはじめた。「よう言うわ！ ウチがどんだけアンタを支えてきたと思うんよ。アンタを手助けするためにウチも殺し屋になったんでしょうが。アンタの親と同居しながら殺し屋稼業を続ける辛さを考えたことある? こないだも、せっかく作ったカレーを辛すぎるって作りなおさせられたんよ」

ちょっと……こんなときに夫婦喧嘩はやめてよ！

「アホか」愛染が肉切り包丁を投げた。

肉切り包丁は回転しながら、女の顔面めがけて飛んでいく。

小蘭は思わず、目を閉じた。

銃声と金属音。肉切り包丁が床を転がる音。

目を開けた。男が肉切り包丁を撃ち落としたとわかった。

「さすがお父ちゃん」

「さっさと殺すで、お母ちゃん」

夫婦が、同時に引き金を引いた。

愛染の体が後方にふっ飛ぶ。壁に背中を打ちつけ、口から激しく血を吐いた。そのまま、前のめりで床に倒れ込み、ピクリとも動かない。

パトカーのサイレンが遠くから聞こえてきた。

「逃げるで」

夫婦が慌（あわ）てて、小蘭の拘束を解く。手足に食い込んでいた革のベルトからようやく解放された。

小蘭は男に抱え上げられ、テーブルから下ろされた。そのとき、初めて自分の股間（こかん）の下に万力があることに気がついた。

これで、茶谷は金玉を潰（つぶ）されたんだ……。

「念には念を入れようか」

男が、うつぶせで倒れている愛染に近づき、背中に三発発射した。

「これでオーシティも少しは平和になるやろ」

パトカーのサイレンが大きくなる。

「お父ちゃん！　早く！」

「おっしゃ」

小蘭は夫婦に両腕を持たれ、地下室の階段を上がった。

「ありがとう……たすけてくれて」

「誰が助けるって言うた？」女が冷たい声で言い放った。

「私らは〝耳〟を奪いに来てんよ。あのな、お嬢ちゃん。この街をどこやと思ってんの？　オーシティやで」

7

「お父ちゃん、ここらへんでええんちゃう？」

すっかり元の寝ぼけ顔に戻った男が、返事代わりにブレーキを踏んだ。殺し屋夫婦の車が駐車場に収まった。

潮のニオイが鼻をつく。

この場所はよく知っている。中国から海を渡ってきたとき、初めて立った場所……。南港だ。

懐かしさと糞尿にまみれた思い出がまじりあい、複雑な気持ちになる。

「降りてもらおうか」後部座席で隣に座っていた女が、小蘭の腹に銃を突きつける。「うちら夫婦で狙ってるからな。逃げようなんて考えたらアカンよ」

巨大なトレーラーの陰に車を停めているので、周りからは死角になっている。今、撃たれたとしても、目の前の海に投げ込まれれば誰にも気がつかれることなく、魚の餌になってしまうだろう。

小蘭は大人しく車を降りた。夫婦の車は、コテコテな大阪弁のキャラに似合わず銀色のジャガーだった。

運転席から先に降りていた男が、のっそりと車のうしろに回る。

次は、わたしをトランクに閉じ込めるの？

違った。トランクの中には先客がいた。

「お前も降りんかい」男が先客の髪を摑んで起こす。

疲れ果てた顔の羽田が、トランクから引きずり出された。両手を背中のうしろでプラスチックの紐で拘束されている。口にはテニスボールを無理やりねじ込まれていて、とても苦しそうだ。

「テニスボールは唾液を吸い込みよるからな。口の中で、どんどんふやけて大きくなるねん」女がニタニタと笑う。「抵抗したらアカンで。お父ちゃん、私らに逆らったらどうなるか教えてあげて」

男が、顔付きからは想像もつかない俊敏さで羽田の胃のあたりを殴りつけた。羽田が体をくの字に曲げて、目玉が飛び出しそうな顔になる。

ゴボゴボと羽田の喉が鳴った。

「今、どうなってるかわかってる？　聞きたい？」女が目を輝かせながら小蘭の肩に手を回し、説明をはじめた。「羽田ちゃんはゲロを吐きたいねんけど、テニスボールがフタして吐かれへんのよ。ゲロがどんどん喉に詰まっていって、しまいには窒息してしまうんよね」

な、なんなのよ、この夫婦は……。

夫婦の顔が歓喜に満ちあふれている。完全にサディストの顔だ。しかも、中途半端なサディストではない。《涅槃タウン》で何人もの客を相手にしてきたからわかる。世の中には、とんでもない変態が存在する。この夫婦は、その中でも怪物級の変態だ。

羽田が膝をつき、テニスボールを吐き出そうともがいた。だけど、テニスボールはガッチリと口にはまったまま動かない。

またゴボゴボと音がして、喉が膨らむ。どんどん、羽田の顔面が紫色に変色してきた。

「そうか、そうか、苦しいか。ごっつい苦しいのね」女がウットリとした顔で言った。

「あー、ゾクゾクするわぁ。いつ見ても、窒息しそうな子の顔はええわ。クラクラするでしょ？　ほらっ。もっと目を開けて。もがいてや」

男も苦しむ羽田を見て、しきりに舌なめずりをしている。

「し、しんじゃうよ」小蘭は絶叫した。

嫌だ。もうこれ以上、人が死ぬのは見たくない。

「お父ちゃん、羽田ちゃんに死んでもうたら困るわ。今から色々とやって欲しいことあるのに」

小さく頷いた男が、銃をポケットに入れ、代わりにナイフを取り出した。

「羽田ちゃん、動いたらアカンよ」女は古新聞でも縛り上げるような手つきで、羽田の頭を摑み固定した。片方の耳が地面に押しつけられる。

男が正面に回ってかがみ込み、慎重な手つきで羽田の口の中にナイフを突っ込む。

「ゴメンね、羽田ちゃん。手で取ってあげたいねんけど、ゲロがついたらバッチイやろ」中年の女がクスクスと笑う。

ナイフが軽く動かされ、プシュと空気が抜けたような音がすると同時に、羽田が割れたテニスボールとゲロを吐き出す。

驚くほどのゲロが出て、水たまりを作る。血も混じっていた。女は、その中に、羽田の顔を押し込んだ。

「大声出したらアカンで。わかった？」

羽田が、水たまりの中で何度も頷く。

「よっしゃ。わかればよろしい」

「よお……また会ったな」羽田が、涙と鼻水とゲロまみれの顔で言った。

「それじゃあ、頑張ってもらおうか。お父ちゃん、ちょっとそのナイフ貸して」

ナイフを受け取った女は、迷いのない動きで小蘭の顔の横から、サミーの〝耳〟をサクリと切り落とした。

神経が通っていないので痛くはない。だけど、切られた部分を思わず押さえてしまう。剝き出しになった耳の穴を晒すのが怖い。

女は羽田のプラスチックの紐も切ってやり、無造作に〝耳〟を渡した。

「これがアンタの探してた〝耳〟や」

「俺じゃない。愛染の依頼で……」

「愛染は死んだで」羽田の言葉が遮られた。「私ら夫婦が撃ち殺した」

羽田が、信じられないといった顔で大きく口を開けた。「愛染を……マジかよ」

夫婦の殺し屋が同時に頷く。

「中島みゆきの歌でもあるやろ。時代は回るねん。明日から、私ら夫婦がオーシティの恐怖の大王や」

羽田が、複雑な表情で手にある〝耳〟を見た。「これ……どうすればいいんだ」

「その〝耳〟持って、《大黒グランド》へ行って欲しいのよ」

「は？《大黒グランド》だと？」

小蘭たちが、昨夜泊まっていたホテル……逃がし屋キムが殺された場所だ。

ふと、麦子と万利男のことを思い出した。

あの二人はどうしたんだろう？　警察に捕まったの？　もう、とっくに愛染に殺されたのかも。

ちくしょう、ちくしょう、ちくしょう！

小蘭は歯茎から血が出るほど、奥歯を嚙みしめた。

すべて、茶谷から〝耳〟を預かったのが原因だ。あのとき断っていれば、みんな死なずに済んだのに。死んでもいいのは愛染だけだ。

「《大黒グランド》に行って……どうするんだ」羽田が、ビクつきながら訊いた。

「説明したるわ」女が得意気に尻を振りながら歩きだした。

小蘭と羽田も、男に促されてついていった。

コンテナが固まっている場所へと向かって、女がずんずんと歩いていく。昼間なので、作業員がチラホラいるが、誰も小蘭たちのことを気にしていない。

「やべえ」羽田が小声で呟く。「干物にされるぞ」

小蘭は二、三歩後からついてくる男を見た。ポケットの中に手を突っ込んでいる。小さい銃を使っている理由がわかった。

青いコンテナの前で、女が足を止めた。

今度はここに閉じ込められるの？

男がのっそりとした動作で鍵を出し、コンテナの扉をわずかに開ける。

「さあ、遠慮せずに入ってや」女がポンポンと小蘭の背中を押してくる。

全員がコンテナの中に入り、扉が閉められる。生ゴミのようなニオイとムッとする暑さで、またたくまに気持ちが悪くなる。

暗い……。

「ひゃあ!」

何かが小蘭の足に触れた。思わず、隣の羽田に抱きついた。

「紹介するわ」

女が、豆電球を点けた。

肌の浅黒い若い男が、小蘭のすぐ傍で正座をしていた。

片方の耳がない……。

「天才インド人のサミー君」女がわざとらしく拍手をする。「どんだけかしこいか聞きたい? IQが二百以上もあるねんて」

サミーは衰弱しきった様子で、虚ろな目を上げた。

「おねがいです。たすけてください」小蘭よりも流暢な日本語だ。

「よかったやん。〝耳〟が見つかったから助かるやん」

「死んでなかったのか……」羽田が幽霊でも見るような目で、サミーを見た。

「サミーの家に行った?」女が色付きメガネの奥の目を細め、嬉しそうに笑う。「あの死体は偽者や。インド料理屋で働いていた子を適当に捕まえてぶっ殺してん。サミーは死んだと思わせたかったんよ。〝耳〟をほかの奴らに取られたくなかったからね。あれだけ、顔をズタズタにしたら、誰かわからへんやろ」

羽田は唖然として声も出ない顔だ。

「ぼく、どうすれば、たすかるのですか」

「このお兄ちゃんお姉ちゃんと《大黒グランド》に行って」

「何のためだよ！」羽田が我に返って叫ぶ。

「《大黒グランド》にはオーシティで一番のカジノがあるやろ？　当然、その下にはオーシティで一番大きい金庫がある」女が、羽田の手にある〝耳〟を指した。「そのピアスの中に金庫を破る暗号コードが入ってるってわけや」

わたしは、そんな情報が入ったものを顔につけてたっていうの⁉　どうりで、愛染が必死になって追いかけてきたわけだ。

「コンピューター、ひつようです」サミーが、口から泡を飛ばして説明した。「コンピューター、ないとコードわからない」

「漫画喫茶のパソコン使えばええやないの」

「ふつうのコンピューターでは、むりなのです。ぼくが、くみたてるひつようありますす」

女が舌打ちをした。「サミーの部屋には戻られへんからなぁ」

「でんきやで、こうにゅうせねばなりません」

「時間はどれくらいかかるの？」

「ごじかん、ください」

「しゃーないなぁ。急がば回れや」女が、腰のポーチのチャックを開けた。指先でカプセルの薬を取り出す。「小蘭ちゃん、お口、アーンして」

「い、いやよ。なんのくすりなのよ」

そんな得体の知れないものを飲めるわけがないじゃない！

「薬ちゃうねん。寄生虫や」女がシャツの豹柄をくねらせながら、ニタリと笑った。

8

三時間後、小蘭は銀色のジャガーの助手席に座っていた。

運転席には羽田。さっきから、車内はずっと静まり返っていた。羽田も一言も喋ろうとしない。

ジャガーは御堂筋を南に向かって走っている。サミーがノートパソコンを組み立てている間に「用意するものがある」と、羽田が言ったのだ。

さっきまでは、中之島にあるオーシティの市役所にいた。車の中で待たされていたから羽田が何をしたかはわからないが、三十分も経たないうちに地図を持ってきた。「それ、どうしたのよ」と訊いても「ちょっと借りてきた」と答えるだけで詳しくは教えてくれなかった。

市役所の後はホームセンターに寄り、懐中電灯やらレインコートなどを買った。その時も同じ。「これ、なにするの」と訊いても「あとでわかる」とはぐらかされた。

それに貸衣装屋であんなものまで借りて……羽田が一体何を企んでいるのか見当もつかない。

時刻は午後四時をすぎたところだ。熱に浮かされた人々がどこからともなく現れ、ゾンビのような足取りで繁華街に吸い込まれていく。

今夜も、数えきれないほどの欲望が街に溢れ返る。

ジャガーが本町の交差点を越えた。さらに人通りが増える。ほとんどが観光客か、その観光客の懐を狙っているチンピラだ。

赤信号で停まった。歩道に人だかりができている。

女の悲鳴と男の怒声。ヤジ馬の輪の真ん中で、キャバ嬢風の女が、若いチンピラに殴られていた。髪の毛を引きずりまわされて短いスカートがまくれあがり、パンティーが丸出しだ。

「たすけないの？」小蘭は羽田に訊いた。

羽田は信号を見ながら答えた。「知らない女を助けるほど、人間ができてないんでね」

「おとこなら、たすけてよ」小蘭は、羽田の肩を揺らした。

「あのな」羽田がギロリと小蘭を睨む。「見てみろよ、俺の体を！　鼻の骨も折れてるし、足の裏にまだガラスの破片が食い込んだままだし、腹の中にエイリアンみたいな虫がいるんだぞ。俺だって誰かに助けて欲しいよ」

「わたしにもいるよ……」そっと、自分の腹を撫でた。

殺し屋の夫婦にカプセルを飲まされた。虫下しを飲まないと、寄生虫に内臓を食い破られる。

虫下しをもらえる手段はただ一つ。《大黒グランド》の金庫から金を奪い、南港で待っている殺し屋夫婦に渡すこと。

不可能だ。いくら、サミーの暗号コードがあったとしても、セキュリティが半端じゃないはずだ。撃ち殺されるのがオチだろう。カジノの警備員たちは銃の携帯を許されている。

「わたし、たすける」

助手席のドアを開けてジャガーを降りた。

「おい、小蘭！　待て！」

羽田の声が聞こえたが無視した。

どうせ死ぬなら、最後ぐらいいいことをして死にたい。

小蘭はヤジ馬を掻き分け、輪の中心に突っこんだ。

「ごめんなさい、ごめんなさい」キャバ嬢が鼻血を出しながら謝り、チンピラの足にすがりついていた。

「あれだけ俺を怒らせるなって言ったやろうが」野球帽を斜めに被り、ダボダボのTシャツを着たチンピラが、キャバ嬢の髪を引っ張り無理やり立たせようとしている。

理由は知らない。二人の間に何があったのかも興味はない。たとえ、百パーセントキャバ嬢のほうが悪くても関係ない。

わたしが、アンタを守ってやる。

チンピラの背後に回った。ヤジ馬たちの視線が小蘭に集中する。当の本人は小蘭の存在に気づいていない。

足がガクガクして、オシッコが漏れそうだけど戦う。戦うと決めたから戦う。戦いかたなんてわからないけど、倒してみせる。

小蘭は野球帽ごとチンピラの髪の毛を摑み、後頭部めがけて思い切り頭突きをした。

ゴチンと鈍い音がして、目の奥で火花が散った。

「ごおっ？」チンピラがよろめく。

ヤジ馬たちがどよめいた。

小蘭のほうがぶっ倒れそうだけど、もう一発お見舞いしてやる。小蘭は歯を食いしばり、頭を突き上げた。

ガチン。ヤジ馬たちが歓声を上げた。

小蘭は膝をついてしまった。あまりの痛みに頭が割れそうだ。しかも、頭突きの衝撃でちょっとオシッコを漏らしてしまった。

「誰やねんお前」チンピラが頭を押さえながら振り返る。「俺の女の知り合いか」

「しらないよ！」小蘭は叫び、チンピラに向かって唾を吐いた。

「シャブでも食ってラリってんのか」チンピラが眉をひそめ、小蘭の髪の毛を摑もうとした。

小蘭はその手を逆に摑み、ひとさし指と中指に嚙みついた。

「きゃああっ！」チンピラが情けない悲鳴を上げる。

嚙みちぎってやる！　アンタの指を食ってやる！

になる。

「ボケがあ！」

チンピラの怒声とともにアスファルトに頭を叩きつけられた。意識がぶっ飛びそう

口の中の指を引っこ抜かれた。

「殺すぞ！　クソ女！」チンピラが小蘭の顔面を踏みつけようと足を上げた。

「やめろ」小蘭の前に、影が立ちはだかった。

羽田だった。

「誰じゃ、コラァ！」チンピラが羽田の胸ぐらを摑む。

「茶谷だ」羽田が冷静な声で嘘をついた。「俺の名前を知っているか」

「えっ？」チンピラの動きがピタリと止まった。

羽田が、チンピラの顔の前にナイフをかざした。ナイフの先には、どす黒く変色したサミーの耳が刺さっている。

「もしかして……〝耳切り茶谷〟さん……ですか」

「そう」羽田がナイフの先からサミーの耳を抜き、アスファルトに捨てた。暗号コードが入ったピアスはサミーが持っている。もう〝耳〟には用はない。

ヤジ馬の輪が崩れる。顔色を変えて逃げる者までいた。

羽田はナイフをゆっくりとチンピラに近づけた。チンピラは金縛りにあったように固まったまま動かない。

ナイフの先が、チンピラの耳たぶに触れる。

「今、お前が踏みつけようとしているのは俺の女だ。両方の耳を落とすから覚悟しろ」

「す、すんませんでした」チンピラが、真っ青な顔で土下座した。

「俺が言うのもおかしいが」羽田が、ナイフをしまった。「女は殴るな。どれだけ凄い男でも、女を殴る奴を俺は許さない」

ジャガーに戻り、また御堂筋を走りはじめる。

「どうして、たすけにきたの？」小蘭は、羽田に訊いた。

「知らない女は助けないが、知っている女は助ける。それだけの話だ」

「はねだ、かっこいいね」

「うるせえ」羽田がアクセルを踏んでエンジンをふかした。

そのまま御堂筋を走り、カジノがひしめく〝ミナミ〟を通り過ぎた。

「どこ、いくのよ？」

「《新世界》だ」羽田が運転しながら答える。

「そこで、なに、するの」行ったことのない街だけど、噂（うわさ）は聞いたことがある。「おかいもの、するところでしょ」

「そのとおり」羽田が早口で説明をはじめた。「道頓堀（どうとんぼり）のすぐ近くにあった道具屋筋の商店街が、カジノの乱立のせいで追い出されたんだ。彼らはミナミから移動して商人の街を作った。新世界には古今東西の品が何でも売っていて、手に入らないものはない」

「なんでも?」

「ああ。金さえあればな」羽田が皮肉めいた顔で鼻を鳴らす。

「なに、かうのよ」

「決まってるだろ。《大黒グランド》の金庫を襲撃するグッズだよ」

十五分後、新世界に着いた。

「あれ、つうてんかく?」小蘭は街の中心にそびえ立つ塔を指した。「れとろね」

「そうだ。オーシティになる前は〝古き良き昭和の大阪〟をウリにした観光名所だったんだ。今は違うけどな」

「ふるいのに、しんせかい？　ことばおかしいよ」

「お前が言うな」

羽田は通天閣へと続く商店街へと入っていった。小蘭も慌ててついていく。

新世界は《涅槃タウン》とは違う活気に溢れていた。子供のころに親戚に連れていってもらった北京の市場にそっくりだ。商店街の両側に間口のせまい店がびっしりと並び、ぱっと見渡しただけでもありとあらゆる商品を売っている。衣類や陶器類、携帯電話やパソコンの部品、調理器具や世界各地の香辛料、金魚鉢から猿まであった。

羽田の言うとおり、本当に手に入らないものはなさそうだ。

羽田が山積みになっている鳥籠の前で足を止めた。店先に《籠屋》と看板が出ている。

「ここで待ってろ。十五分で戻ってくる」

羽田が一人で店に入ろうとした。

「いやよ。わたしもいくのよ」小蘭は店内をチラリと覗き込んだ。色々な形をした鳥籠が、所狭しと吊られている。「なに、かうのよ？」

鳥籠なんて買ってどうするつもりなの？

小蘭は不安になり、羽田を睨み付けた。

羽田が軽く舌打ちをした。「しょうがねえな。ついてきてもいいが、余計なことは喋るなよ」

店内に入り、鳥籠に頭をぶつけないように屈みながら進んだ。

お香の匂いがした。〝白檀〟だ。《百足屋》でもこのお香を焚いている。千代子ママの好きな香りだ。

奥のレジカウンターで、少年が店番をしていた。ベースボールキャップを被り、囲碁の一人打ちをやっている。

「よう。久しぶりだな」

羽田が挨拶をしても、少年は碁盤を睨んだままだ。

「ジイちゃんはいるか？」

少年は頷き、白い碁石をパチリと置いた。

羽田はズカズカとカウンターの後ろに入っていった。暖簾を潜り、さらに奥へと進んでいく。小蘭もあとを追いかけた。暖簾を潜るときに振り返って少年を見たが、腕を組んで囲碁に没頭していた。

暗い通路の先に鉄の扉があった。羽田が扉の横のインターホンを押し、天井の監視カメラに向かって手を振る。

ガチャリと音がして扉が開いた。目つきの鋭い老人が顔を覗かせる。

「おやっさん、久しぶり」羽田が愛想よく言った。

「えらい懐かしい顔やんけ。とうの昔に引退したんとちゃうんか」

老人は長い白髪をポニーテールのように頭の後ろで束ねていた。作務衣を着て、右手には団扇を持っている。

「今日一日だけ復職したんだ」羽田がおどけた表情で肩をすくめる。「ここのところ、どうもツイてなくてね」

老人は傷だらけの羽田の全身をマジマジと眺めて鼻を鳴らした。「運に見放されたら、この街では生きていけへんど」

「言われなくてもわかってるよ」

老人は皺だらけの顔を歪めた。もしかすると笑ったのかもしれない。

「何が欲しいねん」

「何か面白いものある？」

「自分で探せや」老人が扉を開けて、羽田と小蘭を招き入れる。

中に入って、度肝を抜かれた。大人が五人もいれば息苦しくなるほどの小部屋だけど、壁際の棚に銃が飾られている。マニアが涎を垂らすぐらい種類も豊富だ。リボルバー、ショットガン、ライフル、小型のロケットランチャーまである。

老人は小蘭と羽田を交互に見て「新しい嫁か」と訊いてくる。

「違うよ」羽田が即座に、あっさり、きっぱり否定した。

何よ、羽田のやつ……。ゲイなの？　ていうか、ゲイじゃなかったら許さないから。万利男も羽田も、この私を前にしてひとつも表情を変えないってどういうことよ。

こんな事態になってまで、女のプライドを発生させている場合ではないが、羽田は出会ったときから、小蘭の体にまったく興味を示さない。《百足屋》に来る客を毎日相手にして男のスケベ心にはうんざりしていたくせに、無関心な態度を取られたら取られたで、腹が立つ。

「なんや？　別れた嫁さんとヨリを戻したんか」

「まさか」羽田が曇った顔で首を振った。

羽田の顔を見て一発でわかった。元妻にまだ未練があるのね。男は言葉では嘘ばかりつくけど、表情では嘘がつけない生き物だ。

「お前の嫁さんは強烈やからな」老人が、黄色い歯を見せた。これは多分、笑ったのだろう。

どうやら羽田とこの老人は古くからの知り合いらしい。

「パイナップルはある？」羽田が硬い表情のまま、強引に話を変えた。

「どんなタイプのヤツや」老人の顔が商売人のそれに変わる。

果物なんて買ってどうするつもりなのよ？

小蘭は呆れた目で羽田を見た。

羽田が小蘭を無視して続ける。「時間差で爆発する物が欲しい」

爆発？　まさか、パイナップルって……。

「お安い御用やがな」老人が頷いて、棚の引き出しを開けた。「これなんか、どうや？　ピンを抜いて六十秒後に爆発すんぞ」

テニスボールほどの大きさの手榴弾を取り出して、羽田に見せた。

「一分じゃ短すぎる」

老人が、さらに手榴弾を三個も出しながら言った。「あとは三分、五分、十分やな」

「どこが、ちがうの。どれも、いっしょよ」

思わず口を出してしまった。どの手榴弾も、同じ形と色をしている。

「重さでわかるねん」老人が答えた。「わしが改造してるからな」

「ここにある物、全部がそうだ」羽田が部屋中を見回す。「おやっさんが手をくわえて、一癖も二癖もある武器に生まれ変わっている」

「逆に使いにくいって苦情も多いけどな」老人が顔をしかめたのか笑ったのかわからない、例の表情をした。「で、どれにすんねん」

二時間後――。

アメ村のパーキングにジャガーを停めた。後部座席には、ノートパソコンの組み立てを終えたサミーが乗っている。

ここから《大黒グランド》までは、歩いて五分の距離だ。

三人とも無言でジャガーを降りた。

「腹をくくれよ。腹を食い破られたくなかったらな」羽田がジャガーのトランクを開けた。

大きめのスポーツバッグを三つ取り出す。

一人に一つ。このバッグがパンパンになるほどの金を強奪して、殺し屋夫婦に渡さなければいけない。

「こわいですね……」サミーがノートパソコンをさすった。

この中の暗号コードが通用しなければ、金を拝む前に撃ち殺される可能性もある。

「ビビッたら負けだ。やるしかねえんだ。小蘭、お前はやれんのか」

「おんなを、ばかに、するな」

スポーツバッグを担いで歩きだした。

小蘭は《百足屋》の女だ。千代子ママの娘だ。どんな男たちでも手玉に取ってきた。女が、この世を支配するのだ。

第4章　盲目の少女

1

麦子（むぎこ）は万利男（まりお）の背中を撃った。

手応（てごた）えはバッチリ。銃声のコンマ何秒かあとに、弾丸が万利男の肉にブシュリとめりこむ音が聞こえた。スクリュー状に回転する弾丸は肉を切り裂く。貫通はしていない。反対側から飛び出る音はしなかった。

「さすがに、こんだけ近づいたら目が見えへん素人（しろうと）でも当たるね」

内心ホッとした。銃を撃つのも初めてだったし、当たるかどうか不安だった。銃の安全装置も手さぐりで解除した。

麦子は生まれつき両目が見えない。ずっと深い霧の中にいるみたいだ。その代わり、誰にも負けない耳がある。健常者が見えない物まで、〝音で見る〟ことができる。

万利男が振り返った。呼吸の音で相手の顔の向きはわかる。

「……どう……して？」絶望のどん底につき落とされた声だ。

血を吐く音も聞こえる。コップ一杯ほどの血がビチャリとアスファルトにへばりつく。

「だって、ここはオーシティやで」麦子は言い訳をした。

　万利男には可哀想だけど死んでもらう。麦子が生き残るためには仕方ないことだ。

手に持っている銃から硝煙の匂いがする。

　万利男が膝をついた音がした。苦しい息遣いだが、なんとか堪えている。

「何や、仲間割れかいな」愛染が驚いた声で言った。

　麦子は銃をブラリと下げて言った。「愛染さん、ウチと組まへん？」

「お前とか？　俺はロリコンとちゃうぞ」

「ここまでバイクで来たやろ。商店街の入口に停めてある」

　万利男と寝ていたが、その音で目が覚めた。

「聞こえたのか」愛染がさらに驚いた声で言った。

　勝負はここや。オトンに習ったかけ引きで勝負してやる。

　麦子は下腹に力を入れた。

「ウチの耳を使ってや。小蘭に逃げられたんやろ」

「……なんで知ってるねん」

　もちろん、ハッタリだが、もしすでに小蘭を捕まえているのなら、こっちに用はないはずで、今ここにいるわけがない。

「教えて欲しかったらウチと組んで」

オーシティで生き延びてやる。そのためには、寄生虫みたいにこの男に寄り添うしかない。

愛染が喉を鳴らすように笑った。「大したガキやのう。末恐ろしいわ」

「オレと……組むんじゃねえのか……」万利男が麦子の足にしがみついてきた。

「ごめんね、万利男ちゃん。ウチもそのつもりやってんけど、たっぷり寝たら気が変わってもうてん」

麦子は万利男の顎を蹴った。愛染に対するパフォーマンスだ。ズキリと心が痛んだが我慢する。でも負けた者は潰さないと、自分まで巻き込まれてしまう。

「サイコーなガキやな。名前は？」愛染が喜んだ声で言った。

「木村麦子」

「よしっ。今から俺の相棒にしてやる。銃を店の奥に投げ捨てろ」

捨てた瞬間、殺されるかもしれない。どうする？　捨てるか？

一か八かの賭けに出るしかない。愛染の信頼を得るのが先だ。

殺されてもいい。愛染と組めなければ、どうせこの街で生きてはいけないのだ。

麦子は覚悟を決めた。うしろを向き、銃を投げ捨てる。炎の熱気が頬を撫でる。

父親と暮らした家が燃えている。悲しいけど、泣いている暇はない。これからも生きていくのだから。ひとりで。

麦子は、この瞬間、生まれ変わった。

振り返り、愛染の元へと歩いていく。心臓が破裂しそうだ。神様に捧げられる生贄というのは、こんな気分なのだろうか。

愛染が何かを拾い上げた。

刃物？　重量感のある音。ナイフではなく、もっと大きな刃物。

「麦子、お前は何が怖い？」

何が怖い？　普通の人たちが怖いものは、麦子には見えない。

オーシティ中の人間が怯えているこの男も、どんな顔なのかはわからない。

わかるのは、愛染が身にまとっているオーラ。もし死神がいるならば、たぶん、同じ匂いを醸しだすと思う。

ウチの怖いもの。

「目が見えるようになること」

「なんでや？」

「だって、真実が見えなくなるやん」

それが一番、怖い。

愛染が麦子から離れた。万利男の方向へと近づいていく。

何をするつもりか、すぐにわかった。

刃物が風を切る音。

肉と骨が断ち切られる音。

万利男の首が転がる音がした。


愛染と並んで商店街を歩く。人の気配がしない。商店街中の人間が、愛染に怯えて引っ込んでいる。

「小蘭を探しに行くの？」

「そうや。夫婦の殺し屋にさらわれた」愛染の声に悔しさと苛立ち（いらだ）が混じっている。

「……殺し屋と戦ったの？」

「防弾チョッキを着てなかったら、今ごろあの世に行っているところや。小蘭を見つけるために羽田（はねだ）を探しにきてんけど……」

「ウチと万利男ちゃんしかいなかったわけやね」

「羽田の行方を知ってるか」

麦子は首を横に振った。「《大黒(だいこく)グランド》のエレベーターでバラバラになったから、わからん。ウチは万利男ちゃんと逃げてん」

愛染の舌打ちが聞こえた。「あいつだけは使えん奴(やつ)やの」

「警官に捕まったんとちゃうの」

ガスまみれのあの状況で逃げきれたとは思えない。たまたま、麦子は〝目〟が必要なかったから助かったが、普通の人間なら無理なはずである。

「あいつは意外と生命力があるからのう。今ごろオーシティから脱出してるかもしれんな」

「ほっとけばええやんか。必要なんは小蘭が持ってる〝耳〟やろ」

「まあな」

「ウチが見つけたる」胸を張って言った。

愛染の狂暴性に、麦子の耳の能力が加われば鬼に金棒だ。愛染が生きている限り、麦子は誰からも恐れられる。

ウチは、オーシティの死神の相棒や。

「頼もしい相棒やんけ」

相手の息の吐き方で、表情はわかる。

愛染は、麦子を見て優しく微笑んでいた。

商店街を抜け、天神橋筋六丁目の交差点に出た。

「そのバイク？」麦子は目の前に停まっているバイクを指した。

「なんでわかるねん」

「ガソリンの匂いがするし、まだエンジンが温かいもん」わずかに、熱気が伝わってくる。

「ホンマに何でもわかるんやな」

「小蘭の居場所もわかるよ」

「いくらなんでもそこまでは無理やろう」愛染が鼻で笑う。

「ウチ、耳もいいけど鼻もいいねん。愛染ちゃん、最近、海に行った？」

「〝ちゃん〟をつけるのはやめろ」

「ええやんか。相棒やねんから」

愛染がため息を飲み込む。「海には行ってない」

「愛染ちゃんの体から潮の匂いがする」

「ホンマか？」クンクンと匂いを嗅ぐ音が聞こえる。

「もしかしたら、殺し屋の夫婦の匂いが移ったのかも」

「……奴らは海の近くに住んでいるってことか」

「その可能性は高いと思う」

バイクのエンジンがかかった。

「うしろに乗れ」

愛染が麦子を抱えて、バイクに乗せてくれた。

2

ゴウゴウと風の音が聞こえる。

麦子は愛染の背中にしがみつきながら、じっと耳を澄ませた。

風の音が大きすぎて、どこをどうやって走っているのかわからない。愛染は信号を無視しまくって、ノンストップで走っていた。対向車のクラクションの音が絶え間なく鳴り響いている。

バイクは、オーシティを猛スピードで駆け抜けていく。まるで、自由自在に空を飛んでいるみたいだ。麦子たちを邪魔する者は誰もいない。今までは、父親と逃げてばかりだったが、誰かを追っかけるのはワクワクする。

二年前、麦子は逃がし屋になった。

あのときの父親との会話は、鮮明に憶（おぼ）えている。

その日も、いつものように、《ぶてぃっく　木村》の二階で桂（かつら）米朝の落語を聞いていた。

「麦子。話があるねんけどええか」父親が一階から上がってきた。

麦子はわざと無視した。父親の声のトーンから、面倒くさい話になりそうだと思ったからだ。

麦子は父親が大嫌いだった。母親が殺されたのは父親のせいだと決めつけていた。母親が死んでから、まともな会話を交わしていない。

父親が部屋に入ってきた。こっちに近づいてくる。ラジカセの再生を止める気だ。

案の定、落語が聞こえなくなった。

麦子はわざとらしく大きなため息をついた。

「大事な話があるねん」父親が、麦子の目の前に座る。

「タバコ吸わんとって。臭いから」

「お、おう」父親が、ズボンのポケットから出したタバコを戻した。

「タバコ変えたん？」

「ようわかったな」

「いつもとケースの音が違うからね」

「さすがやのう」

父親が、足を組み換えたのがわかった。

「なんで、正座なんかしてんの」

「麦子。お前にお願いがある」

「だから、なによ？」

父親が黙る。少し、怖い。何か、とんでもない覚悟を決めたことが伝わってきた。

長い沈黙のあと、父親が口を開いた。

「一緒に、お母ちゃんの仇(かたき)を取ろう」

予想外の言葉に、麦子はびっくりした。「……意味がわからへんねんけど」

一緒にと言われても、そもそも、麦子は目が見えないのに。母親を殺したヤクザたちにどうやって復讐(ふくしゅう)するというのか？

「お父ちゃんな、逃がし屋をやろと思ってるねん」

「はあ？」ますます、意味がわからない。

「この街は逃げなアカン奴で溢れとる。そいつらを助けてやりたいねん」父親が熱のこもった口調で言った。

「お父ちゃんが、昔、ワルかったんは知ってるやろ」

「オカンに聞いただけやけど……」

十四年前、父親はバーテンダーをやりながら、客に悪い薬を売っていたらしい。その店で歌っていたのが、ジャズシンガーだった母親である。

母親は、父親が店に隠れてこっそりと売人をしていることに気づき、楽屋に呼び出して、こう言ったらしい。

『私の歌の邪魔をせんとってくれる？ アンタの薬がなくても、客は十分トリップしてるねん』

父親は母親に惚れて、悪い道からスッパリと足を洗った。天神橋筋商店街でブティックを開き、結婚した。すぐに麦子が生まれ、最初の二、三年は幸せだったみたいだ。

父親がギャンブルに溺れはじめてから、家庭がおかしくなった。

母親が店の金に手をつけたのも、父親の借金が原因だ。

「ワルかったころの人脈を使えば、裏の世界ともつながる。逃がし屋に絶対必要なのが裏の人脈やからな」こんなに、真剣に喋る父親は久しぶりだ。

「それが、オカンの仇を取ることになるの」

「ああ」父親の首の骨が鳴った。深く頷いたのがわかる。

「……ウチはどうやって手伝えばええの」

父親がザラザラした手で、麦子の手を握りしめた。

「お前の〝耳〟でわしを守ってくれ」


潮の香りがする。

バイクが止まった。愛染がまた麦子を抱え、バイクから降ろしてくれた。

「ここはどこ？」

「弁天埠頭や」

弁天町だ。大昔、フェリーの乗り場があったと父親に教えてもらったことがある。

麦子は耳を澄ませた。

波の音。海鳥の鳴き声。船が海の上を走る音。港をトラックが走る音。

「どうだ？　わかるか」愛染が麦子に訊いた。

「夫婦なんやろ。……女の声は聞こえへんな」

「これでどうだ」

愛染が服の下から何かを出した。撃鉄を起こす音がする。

麦子は慌てて耳を塞いだ。

愛染が銃を乱射した。銃声が、麦子の真横で立て続けに鳴り響く。

「もう終わり？」

「ああ。終わりや」愛染が答える。

銃を撃ち終わったのを確認して、麦子はまわりの音に集中した。

ラジオのチューニングを合わせるように、いろんな音が混ざって聞こえてくる。

『なんや？　今の音は？』『……愛染？』『銃ちゃうか』『愛染や！』『銃をぶっぱなしてる奴がおるで』『外に出たらあかんど』『誰か撃たれたんか？』

やっぱり、女の声はしない。

「夫婦はおらんと思う」確信を持って言った。

「間違いないか」

麦子は深く頷いた。「誰も銃を持ってない。撃鉄を起こす音が聞こえへんもん」

愛染が舌打ちをした。「こことちゃうか……」

夕方の匂いがする。そろそろ陽が暮れはじめるころだ。

「愛染ちゃん、なんでそんなに急いでんの」

愛染が少し戸惑ったあと、言った。「あの〝耳〟には大金が隠されてるって噂や」

「どういうこと？」

「〝耳〟を切り落とされたインド人は金庫破りのプロや。ピアスの中に、金庫のセキュリティを解除する暗号コードが入っとるねん」

「どこの金庫なん」

「そこまではわからん。本人から聞き出したろうと思ったけど、とっくに殺されとったんや」

「……そうなんや」

愛染が秘密を話してくれて、嬉しかった。

「次、行くぞ」愛染がバイクに戻る。

「どこに？」麦子は小走りで愛染のあとを追った。

「南港や」

バイクのエンジンが唸りを上げた。

3

逃がし屋としての初仕事は、チンケな売人を逃がすことだった。

父親のバーテンダー時代の後輩で、そいつは父親が店を抜けたあと、客にコカインを捌いていた。

警察に目をつけられているから、実家のある香川県まで逃がして欲しいという依頼だった。後輩は、風俗で知り合った女の元に転がり込んで、今にも警察が踏み込んでくるのではないかと怯えていた。

麦子は、後輩を逃がしたついでに本場の讃岐うどんをたらふく食べられるのかと喜んでいたが、父親の作戦は違った。

「札幌に逃げるで」

決行前夜。父親が麦子だけに言った。

「えっ？　なんでなん」

「実家に逃げたところで、すぐに警察が突き止めるやろ。なんやったら、もう張り込まれとるかもしらん」

「そう言われればそうやな」父親にしては中々まともな考えだ。「でも、なんで札幌なん？」

「香川から離れているし、そこそこ都会や。飲食店も多いからバーテンとして働けるやろ。せっかく逃げきっても、仕事がなければ生活が荒れてボロが出てまうからな」

「後輩には、札幌に行くって伝えたん？」

「言うてへん。アイツは口が軽い。明日は強硬手段で札幌まで連れてくど」

次の日、父親が運転するレンタカーで、後輩を迎えにいった。

「よろしくです！　向こうに着いたら日本一美味いうどん屋まで案内しますんで。山の上にある店なんですけど、釜揚げが最高なんすよ」後輩は、父親の言うとおり口が軽そうなお調子者のタイプだ。

「気をつけてねー」女が、マンションのベランダから言った。

「連絡するからなー」後輩が手を振る音がした。

こりゃ、アカン。はっきり言ってアホや。こんな調子だとすぐに捕まってしまう。逃がし屋としての初仕事だ。今後の評判のためにも、失敗は許されない。

「中々、ええ女やんけ」父親が後輩をおだてる。

「そうなんすよ。俺にはもったいない女なんすよ」

「まあ、飲めや」

父親が、用意していたペットボトルを渡すのが聞こえた。睡眠薬入りの水だ。

「あ、どうも」

ペットボトルのキャップを開け、ゴクリと飲む音がする。

「さあ。うどんの国に向けて出発や」父親が車を発進させた。

数分後、後輩は後部座席で鼾をかきはじめた。

父親が車を止める。

「よっしゃあ。トランクに放り込むぞ」

丸一日かけて、札幌まで後輩を運んだ。途中で目を覚ました後輩はトランクの中で暴れていたが、二時間ほど放っていたら大人しくなった。

父親は車を猛スピードでぶっ飛ばした。麦子はパトカーが近づいてこないか、窓を開けて耳を澄ませた。

札幌に着くと、猿ぐつわをかまして手足を縛っていた後輩を降ろし（小便臭くてまいった）、父親は釘を刺した。

「今日から生まれ変われや。この街で新しい人生を歩め」

「……わかりました」後輩が、ぐったりした声で答えた。

麦子と父親は味噌ラーメンを食べて（味はイマイチだった）、オーシティに戻った。しんどかったけど、楽しい旅だった。

「降りろ」

愛染がバイクを止めた。

南港だ。さっきよりも潮の香りが強い気がする。鉄の音と匂い。コンテナが無数にある。ほとんど陽が暮れているから、働いている人間は少ない。

「また俺が銃を撃つから、殺し屋の夫婦を探してくれ」愛染が銃を取り出した。

カチリと撃鉄が鳴った。

「いる」

「なんやと？」

「あっち！」麦子は音が聞こえた方向を指した。

麦子の体が宙に浮いた。愛染が麦子を抱えて走っている。

跳弾の音が二発。地面とコンテナに当たった。銃声は聞こえない。

「サイレンサーかよ……」愛染が呟く。

愛染は麦子を胸元で抱きながら、地面に滑り込んだ。顔に当たる潮風の向きが変わる。コンテナの陰に隠れたのだ。

「夫婦はどっちにいる？」愛染が小声で囁いた。

「二手に分かれてる」

殺し屋夫婦の足を運ぶ音でわかる。緊張した様子の摺り足で歩いている。

「ご丁寧に挟み撃ちかい」愛染が鼻で笑った。

「右が男で左が女や」

「そこまでわかるのか」

「歩幅が違う」

足音は情報の宝庫だ。歩き方ひとつで、体格や運動能力、体調の良し悪しや気分の浮き沈みまでわかる。

「なるほどな」愛染が立ち上がった。

「どうすんの」

殺し屋夫婦の位置がわかっても、愛染が不利なのは変わらない。

「一か八か突っ込むわ」愛染が銃をかまえる気配がする。「麦子は動いたらアカンぞ」

「……本気で言ってんの？」

「どっちかが足を止めたら教えてくれ」

「う、うん」

全神経を集中させて、耳を澄ます。麦子の判断が間違えば愛染が死んでしまう。

「二人ともまだコンテナに隠れながら移動してる。さっきよりもスピードが速い」

「むこうも勝負をかける気やな……」

足幅が狭い方が止まった。

「止まった。女や」

「ありがとさん」愛染が、麦子の頭を優しく撫でてくれた。

胸の奥が苦しくなる。

次の瞬間、愛染が走り出した。まだ移動している男の殺し屋へ向かって、一目散に走っていく。サイレンサーがプシュッと鳴った。撃っているのは殺し屋の女の方だ。続けざまに弾が地面を跳ねる。愛染には当たっていない。

殺し屋の男が慌てて足を止めた。愛染を狙おうとしている。

麦子はようやく愛染の狙いがわかった。

殺し屋の夫婦の片方をパニックにさせたかったのだ。突然相方が銃を連射すれば、いくら凄腕の殺し屋でも、少しは動揺するはずである。

愛染は、その動揺に勝負をかけた。

南港に銃声が鳴り響いた。

サイレンサーではない。愛染の銃だ。

男の呻き声。血を吐く音が聞こえる。愛染が、殺し屋の男を仕留めた。

「やった！」麦子は思わずガッツポーズをした。

女が去っていく。その足音は、怒りと悲しみに満ちていた。

「女が逃げたよ！」麦子は大声で愛染に教えた。

「麦子、こっちへ来い！」

麦子はコンテナの陰から出た。掠れた呻き声はまだ聞こえるが、虫の息である。

殺し屋の男は、愛染の足元に転がっていた。

「サミーの〝耳〟はどこや？」愛染が訊いた。

「だ……誰……が言う……かボケ……」

男が喋るたびに、ひゅうひゅうと息が漏れる音がする。

愛染が撃った弾が喉に当たった……。生温かい血がポタポタと地面に落ちる音も聞こえる。

「どっちみち言うことになる。今言うたほうがええぞ」

「ボ……ケ……エ」

「麦子、耳を塞いどけ。今からコイツを拷問する」

耳を塞いでいても、おぞましい悲鳴は聞こえてきた。

五分後、呻くこともできなくなった男が吐いた。「カ……ジノ……金庫……」

「どこのカジノや？」

「大……黒……グラ……ンド」

今にも息絶えそうな声。

愛染が質問を続ける。「〝耳〟は誰が持ってるねん？」

「羽……田……と……小蘭」

「ごくろうさん」

愛染が撃鉄を起こし、とどめを刺した。

気がつくと、港には誰もいなかった。海鳥の羽の音さえも聞こえない。

4

まだ、母親が生きていたころ。

麦子は母親に内緒でギターを一生懸命練習していた。クリスマスに弾き語りのプレゼントをするつもりだった。

曲は母親の好きなカーペンターズの『クロース・トゥー・ユー』。母親が店に歌いに行っている時間に練習した。

母親は『クロース・トゥー・ユー』はスケコマシの歌だけど、歌詞にある《あなたの傍にいたい》という部分は好きだと言っていた。

『ホンマは麦子の傍にずっといたいんよ』とも。

ギターは、珍しく麻雀に勝った次の日に、父親が買ってくれた。最初は弦もまともに押さえられなかったけど、すぐにコツを摑んだ。

麦子はギターに夢中になった。ラジカセでカーペンターズを耳コピして同じコードを探す。時間があっと言う間に過ぎていった。落語よりもハマった。

弦を指で弾くと、麦子の耳の横で空気がビリビリと震える。弱く弾けば優しく。強く弾けば激しく。音を支配したのは初めてだった。いつも、受けとめるだけの音を自由自在に操れる快感に酔いしれた。

夢ができた。

ミュージシャンになりたい。母親みたいに人前で歌ってみたい。

クリスマスの夜、麦子はドキドキしながら待った。

いつまで経ってても母親は帰ってこなかった。母親の代わりに家に来たのは、ヤクザたちだった。

「嫁をどこに隠しとんじゃ、コラッ！」ヤクザたちは、父親を殴りつけた。

麦子も父親も何が起こったのかわからず、戸惑うばかりだった。

「お前の嫁が、店の金庫から金を盗んだんじゃ」

ヤクザの怒りようから、その金がシャレにならない額だとわかった。

母親が金を盗って逃げた……。

ウチは捨てられたんや。

「逃げきれると思うなや。プロがお前の嫁を探してるぞ」

「プロって……」父親が震えながら訊いた。

「トンズラかました奴をひっ捕まえるのが専門の探偵や。今まで何人もの失踪者が、そいつに見つかって連れ戻されとる」

「あの……連れ戻されたら……どうなるんでしょうか……」

「言わんでもわかるやろ」

ヤクザたちは、父親の質問には答えず帰っていった。

その数日後、十三のラブホテルの部屋で、母親の死体が見つかった。死因は麻薬の多量摂取。手足に縛られたあとがあった。

麦子はギターを捨てた。


夜の匂(にお)いがする。

麦子はサングラスを外し、風を浴びた。

愛染のバイクは千日前(せんにちまえ)通りを走っている。目指すは道頓堀(どうとんぼり)の《大黒グランド》だ。

大渋滞の中を愛染のバイクが泳ぐように進む。

千日前通りには高級ブティックや高級レストランが立ち並び、世界中のセレブが金を落としていく。

歩道や車の中にいる人たちが、愛染の姿を見て、息を飲むのがわかった。

何も知らない観光客たちは、写真を撮ったり、指笛を鳴らしたりしている。うしろに少女を乗せて疾走する愛染を、映画スターか何かだと思ったのだろう。

麦子は誇らしい気分になった。

そして、愛染を誰にも渡したくないと思った。愛染といると、胸が痛いほど高鳴る。まるで、心臓が別の生き物みたいに暴れてしまう。

これが初恋だと、今、気がついた。父を殺した相手に恋をした。自分はそういう女なのだ。

愛染を離したくない。ずっと傍にいたい。カーペンターズの歌詞が、こんなにも切ないと生まれて初めて知った。

麦子の新しい夢が決まった。

愛染と結婚する。愛染と暮らす。愛染の子供を産む。

誰にも邪魔はさせない。

バイクが止まった。

道頓堀に着いた。アーケードのスクリーンから《かに道楽》の曲が聞こえてくる。

愛染が麦子を抱えてバイクから降ろそうとした。

麦子はそっと愛染の顔に触れた。

「何してんねん」愛染が訊いた。

「どんな顔してんのかなと思って」

眉毛（まゆげ）の形、鼻の高さ、耳の大きさ、唇の柔らかさ……。

頭の中で愛染の顔を思い描いてみると、驚くほど優しい顔になった。

「へーえ。こんな顔してるとは思わんかったわ」

「どんな顔と思っててん」

「もっと、鬼とか悪魔みたいな顔やと……意外と男前でびっくりした」

「顔のことを言われたんは久しぶりやな」愛染が麦子を地面に降ろした。「誰もまともに俺の顔なんて見ないからな」

「寂しいの？　これからはウチが見てあげるやん」麦子は、照れくさくなるのを必死に隠して言った。

「目が見えへんのにか」

「だからいろんなものが見えるねん」

愛染が笑みをこぼす音が聞こえた。

「とことん、おもろいガキやの」

麦子は嬉しくなって、愛染の手を握った。

手をつないだまま、歩きだす。《大黒グランド》はすぐ目の前だ。人の波が、麦子たちの前で割れていく。麦子は胸を張って歩いた。

《道頓堀ストリート》にいる連中が、蜘蛛の子を散らすように逃げていく。

愛染の服に、殺し屋の男の返り血がついている。麦子の鼻にも、愛染の体臭と混じった血のニオイがする。

どんな高級な香水も敵わない、むせるほど刺激的な香りだ。

「さすがに営業はしとらんな」愛染が麦子の隣で呟く。

《大黒グランド》に着いた。

父親を殺した相手と、この場所に戻ってくるなんて、夢にも思っていなかった。しかもその相手に恋をしている。私はオーシティで一番頭のイカレた女かもしれない。

今朝、父親が部屋を爆破し、愛染が屋上でヘリを撃ち落としたばかりだから、ホテルにもカジノの中にも警察の人間しかいない。

この包囲網を羽田や小蘭は、どうやって突破するつもりなのだろうか。

いくら、暗号コードを持っていても、この状況の中で金庫を破って逃げきれるわけがない。

「あ、愛染さん、お疲れさ、さまです」声の若い警官が怯えている。

「ご苦労さん」愛染が麦子の手を引きながら、回転ドアをくぐろうとした。

「あの……その……お嬢さんは？」若い警官が引き止めようとする。

「なんや？　文句あんのか？」

「いやいや、そ、そういうわけでは」若い警官がしどろもどろになり、歯がガチガチと鳴った。「た、た、ただ、か、関係者以外は、た、立ち入り禁止と、な、なって、お、おおりますので」

「あーわかった、わかった。口を閉じろ」愛染が鬱陶しそうに言った。「この子は俺の相棒や」

「は、はあ……」若い警官が呆然となる。

愛染がそう言うのならば認めざるをえないのだろう。「で、ではどうぞ」

麦子は、勝ち誇った気分で回転ドアをくぐった。

立て続けに、ロビーにいる警官たちが挨拶をしてくる。全員が愛染に対して恐怖を感じているのが、手にとるようにわかる。

愛染に選ばれた喜びに、震えそうになる。私はひとりじゃない。

愛染と手をつなぎながら、カジノを通り抜けた。昨日、来たときとは打って変わって、静まり返っている。

愛染が足を止めた。ボタンを押す音が聞こえる。エレベーターだ。

「どこに行くの？」

「支配人室や。あそこのモニターでホテルの中を調べる」

「羽田はまだ現れてへんやろ？」

エレベーターが開いた。二人で乗り込む。

「どうだろうな……」愛染が、最上階のボタンを押す。

ドアが閉まった。体が浮き上がる。

「そんな、アホな」

「いや、アイツをナメるな。俺の予想では、すでにこのホテルの中にいる」

第5章　大黒(だいこく)グランド

1

臭い。鼻で息をしたら絶対に吐いてしまう。道頓堀川のニオイは強烈だ。目にくる。

「ほんと、はいれるの」小蘭が泣きそうな顔で言った。

サミーは口を開いたら吐きそうなのか、さっきからずっと黙っている。

「じごくよ……」

小蘭の言うとおりだ。全身を包むレインコートがなければ、地獄だっただろう。レインコートの他にホームセンターで購入したゴム手袋に長靴、懐中電灯の完全装備をスポーツバッグに入れてきた。そのスポーツバッグはヘドロで汚れないようにゴミ袋に入れている。

午後七時――。羽田たちは道頓堀の排水路を歩いていた。ここから《大黒グランド》の地下に潜入する。《大黒グランド》には、今朝の騒ぎで警官たちがわんさかいるはずだ。排水路から潜入する方法しか思いつかなかった。

「はいれなかったら、どうするのよ」小蘭がヒステリックに叫ぶ。

下調べは短い時間でできる限りのことはした。サミーがパソコンを組み立てる間の五時間、探偵としてのスキルと人脈をフル活用だ。

まず、市役所の人間を脅して、道頓堀の排水路の地図を入手。その男は探偵時代に情報屋として使っていたのだが、失踪した人間を探すとき、役所の人間を押さえておくと何かと便利なのだ。探偵時代の癖というか名残というかで、役所の人間を押さえてお耳によく入ってくるし、証拠があれば今でもクセでストックしている。今回も男の浮気の証拠写真を見せれば訳もなかった。

新世界の武器屋で強力なアイテムも入手した。

地図によれば、道頓堀の排水路から《大黒グランド》の地下駐車場に出られるはずだ。ただ、駐車場に警官たちがいたら面倒臭いことになる。というか、いる可能性の方が高い。

「こっちだ」羽田は、懐中電灯で排水路の横穴を指した。

闇の中、排水路を進んで行くには勇気がいる。勇気というよりも根性だ。汗と根性は羽田が最も嫌う言葉だったが、この二日間はそれで乗り切ってきた。仲間は中国人の娼婦とインド人のオタクしかいない。サミーは金庫を破るときに必要だが、小蘭は足手まとい以外のなにものでもない。さっきも、本町の交差点で、わけのわからない行動に出た。

連れてくるんじゃなかったか……。

いや、人手が多いに越したことはない。金庫の金を奪って《大黒グランド》から脱出するのは、一筋縄ではいかないのはわかりきっている。

三人ともが生きて逃げられる確率はゼロに等しい。

「この、あな?」小蘭があんぐりと口を開ける。

「どうやって、とおるのですか」サミーも驚く。

横穴は直径一メートルもない。

「這っていく」羽田は、横穴にゴミ袋を入れた。

「うそ……」

小蘭とサミーの顔が青ざめる。

「行くしかねえだろ。ここからしか入れないんだ。何もしなけりゃ寄生虫に腹を食い破られるんだ。ヘドロにまみれるぐらい我慢しろ」

羽田はゴミ袋を押し、横穴へと体を入れた。さらに強烈なニオイが顔面を襲ってくる。狭い空間なので空気がこもっている。

腹這いになり、ゴミ袋を押しながら進んだ。ヘドロの滴が顔に跳ねる。

「まってよ」

二メートルほど進んだところで、うしろから小蘭が入ってきた。

振り返って確認できないが、サミーも入ってくる気配がする。

匍匐前進の体勢で、ゆっくりと前に進む。腹の下がぬるぬると気持ち悪い。糞尿の臭いもきつくなってきた。

背後から嘔吐する声が聞こえる。サミーが吐いたのだ。

「やめてよ！　これいじょう、くさいのいやよ！」小蘭が涙声で絶叫した。

正気を失ってしまいそうだ。こんな思いまでして駐車場に辿り着いたところで、警官に見つかって撃ち殺されたらどうする？　それ以上の悲惨な死に方があるか？

ある。寄生虫が内臓を食い破った上に、肛門から飛び出してくることだ。

別れた妻は、羽田がそんな死に方をしたら悲しんでくれるだろうか。

いや、きっと、「アナタの馬鹿さ加減には限度ってものがないのね」と、深いため息をつく。

別れた妻は俺の絵本を見つけてくれた。あの絵本を見つけるために、とんでもない時間と労力を使ったはずだ。

死んでたまるか。すべてにカタをつけ、もう一度別れた妻に会う。

*

あと、何メートルなのよ！　いい加減にしてよ！

小蘭は叫びだしそうになるのを必死で堪えた。永遠とも思える長さだ。こんな臭くて狭くて暗い溝の中を這っていくなんて、あと一分も耐えられない。

騙された……こんなところを通るなんて聞いていない。

鼻の呼吸を止めて、口だけで息をしても臭い。口の中に、サミーのゲロの臭いが入ってくる感じがして泣きそうになる。

サミーも小蘭の後ろで何語かわからないが、ブツブツと呟いている。誰かを呪っているような口調だ。もちろん、相手は羽田だろう。

千代子ママ……助けて……。

この状況に、ママがいたら、なんと言って励ましてくれるかしら？

『この世を支配するのは女なんだからね』

ううっ……。《十十》の生ビールが飲みたい。喉が渇いて死にそうだ。香ばしいホルモンの匂いをなんとか頭の中で再現しようとするが、全然、イメージできない。

こんなことになったのは誰のせい？　茶谷？

もう男は懲り懲りだ。ここを出たらレズビアンになってやる。昨日は麻雀卓の下のスペースで半日過ごしたし、今は狭すぎるトンネルでウンチまみれになっている。一生のトラウマになるのは間違いない。

突然、何かが鼻先を横切った。

「ひゃあ！」思わず悲鳴をあげた。

鼠？　咬まれたらヤバイ。傷口にバイ菌がこれでもかってぐらい入るじゃない！

「どうした、ですか」サミーも怯えた声で聞いてきた。

「ね、ねずみがいたのよ」

「こっちは、ごきぶり、うようよです」

「あああああ」

手足を猛スピードで動かして前に進もうとしたが、羽田の脚が邪魔をする。

「はやく！　はねだ！　どいて！」

「うるさい。落ち着け。見つかってもいいのか」羽田の怒った声が聞こえる。

小蘭は歯を食いしばって悲鳴を飲み込んだ。

もうダメだ……おかしくなりそう……。

臭いもキツイが、暗さも怖い。懐中電灯の光だけが頼りだ。もし、ここで、三人の懐中電灯を落としたり、電池が切れたりしたら、たちまちパニックに陥ってしまう。

　もし、真っ暗闇で無数の鼠やゴキブリに囲まれたら……。

　よからぬ想像に、いても立ってもいられなくなる。

「まだ？　まだ？　どうなのよ」小蘭は我慢できずにわめいた。

　お願い、千代子ママ。今すぐここに来て。

　ダメだ……気が遠くなってきた。

「静かにしろ。もうすぐだ」羽田は声を潜めて言った。

「ちかいの？」小蘭も小声になる。

「どうしたですか？　ごーるですか」サミーも騒ぎだす。

「サミーを黙らせろ」羽田が小蘭に命令した。

「シッ！　しずかにするのよ」

　サミーが黙る。いきなり、希望が湧いてきた。ここから出られるんだったら何だってする。

「でられるのよね」羽田にそっと訊いた。

「ああ。よく頑張ったな」

やっとのことで横穴を抜け、大人三人でも余裕で立てる広い空間に出た。まだ地上ではないが、地獄から一気に天国へと来たみたいだ。

二度とゴメンだわ……。羽田が前もって作戦を話したがらなかった理由が今になってわかった。こんな思いをするとわかっていたら、絶対についてこなかった。

「あそこから地上に出るぞ」羽田が頭上のマンホールを指した。

2

やっと、《大黒グランド》の駐車場の下へと着いた。

羽田は鉄の梯子(はしご)を登り、マンホールに耳を近づけ様子を窺(うかが)った。自分の熱気でむせ返りそうになる。レインコートの下は汗だくだ。

声は聞こえない。警官たちはいないように思える。

本当にいないのか？　潜入していることがバレていて、待ち伏せされている可能性もある。

小蘭もサミーもそれをわかっているのか、じっと息を潜めている。

数分が経(た)った。頭の上で、人の気配はしない。

羽田は小蘭とサミーを見た。二人ともコクリと頷く。

ここが、第二の難関だ。マンホールを開けて、警官と鉢合わせしたらそれでジ・エンドになる。

一応、神に祈ってみよう。

無神論者の羽田には決まった神がいない。とりあえず、神様の顔を別れた妻にしてみた。

ああ。神様。俺に都合のいいように運命を進めてください。どうぞ、よろしくお願いします。神社ではいつも五円しかお賽銭箱に入れたことがなかったけど、次からは絶対に千円札を入れます。ゴミのポイ捨てもしません。いくら酔っぱらっても立ち小便もしません。地球に優しい男になります。

これでいいのかどうかは疑問だが、祈りのあとは行動のみだ。羽田は、息を止めてマンホールをゆっくり開けた。

ひんやりとした空気が流れ込んできた。

そっと駐車場に顔を出す。蛍光灯の明かりが眩しい。目を細めて辺りを確認する。

車が数台停まっているだけで、警官たちの姿は見えない。

羽田は、下で待機している二人にオッケーサインを出した。

レインコートや長靴を排水路に脱ぎ捨てた。スポーツバッグの中から、スニーカーを出し履き替える。臭い消しのために用意した強力消臭スプレーをお互いの体に吹きかけた。完全に下水の臭いが取れるわけではないが、少しはマシになるだろう。

排水路は逃走ルートには向かない。ギリギリの逃亡になったとき、あの暗さと狭さの中で逃げるのは無理がある。

三人はワゴン車の陰に隠れて着替えた。

「にあう？」小蘭が女性警官の制服姿になり、笑った。

羽田とサミーも警官の制服姿だ。

この制服も探偵時代の人脈を活かして借りてきた。警官の変装ができれば、尾行や潜入捜査がしやすくなるからだ。役所の人間を押さえたように、アングラ貸衣装屋の人間の弱みも握っていた。

ただ、サミーは思いっきり違和感がある。

そもそも、耳が片方ない。

「まねきん、みたいね」小蘭がサミーを見て呟いた。それを聞いた羽田は「そうだ、忘れてた」と、耳が隠れるくらいのウィッグをサミーに渡した。

カジノの金庫を襲うなんて……まるで映画の中の話だわ。

小蘭はサミーを見て、急に不安になってきた。

昔、十一人の男がラスベガスのカジノの金庫を襲う映画を観たことがある。ハンサムな泥棒役のジョージ・クルーニーが主演だった。その道のプロを集めて、見事成功していた。でも、あれは映画の中での話だし、こっちは八人足りない。

羽田の話では、《大黒グランド》の金庫は、この駐車場よりもさらに地下の特別室にあるらしい。最上階の支配人室にある直通のエレベーターを使わなければ、特別室には行けない。

大丈夫かしら……。

＊

まともな打ち合わせもなしでここまでやってきた。アメ村の駐車場にジャガーを停めてから、道頓堀に歩くまでの間に少し話をしただけだ。

羽田が地下駐車場からエレベーターホールへ向かう。小蘭とサミーがあとを追う。

自動ドアを抜けるとすぐにエレベーターが見えてきた。

ロビーに上がるためのエレベーターホールなのに、ゴージャスすぎる内装だ。

二体の巨大な仏像が、エレベーターを挟んでいる。壁には、富士山の上を龍が飛んでいる絵が描かれていた。壁にとりつけられたモニターでは、着物を着たレゲエダンサーが悩ましげに腰を振っていた。

悪趣味よね……。いかにも外国人の観光客が喜びそうな趣向だ。

ここにも警官の姿がない。さすがにうまく行き過ぎて心配になってきた。

「これ……らっきーなの？」小蘭は羽田に訊いた。

羽田も不安げな顔になっている。

小蘭は自分の姿を見下ろした。これを着ても、とてもじゃないが女性警官には見えないだろう。茶髪を隠すために黒い髪のカツラを被せ、ノーメイクにしてだいぶ地味になったが、裏の商売のニオイは消せていない。〝ヒモの口を探してます〟といった感じの羽田も、まったく警官には見えない。

「隠れろ」羽田がエレベーターの呼び出しボタンを押した。

小蘭はサミーと仏像の陰に隠れた。二人とも武器を持たせてもらっていない。羽田が「素人はすぐにパニックになり、敵も味方も関係なしに発砲する」と言って頑として譲らなかった。

自分も素人のくせに……。

エレベーターが降りてきた。このエレベーターでは最上階にはいけない。終着点は、すぐ上のロビーだ。駐車場に車を停めた客は、宿泊するにしてもカジノで遊ぶだけにしても、まずはロビーのカウンターで受付を済ませなければいけないようになっていた。

ロビーには、間違いなく警官がいるわね。

羽田がスポーツバッグに手を突っ込んでいる。あの中には新世界の《籠屋》で買った手榴弾が入っている。いざというときは、あれを使ってでも突破するつもりなの？　巻き添えを食うのはゴメンだわ。寄生虫に腹を食い破られるのは嫌だけど、爆風でふっ飛ばされるのも勘弁して欲しい。

エレベーターのドアが開いた。誰も乗っていない。

三人は素早く乗り込み、羽田が《閉》のボタンを押した。

次だ。次にドアが開いたら、警官がなだれ込んでくるかもしれない。プレッシャーと恐怖で吐きそうになってきた。もちろん、オシッコも漏れそうだ。

『小蘭。お前は何が怖い？』

地下室での愛染の言葉を思い出した。そして、愛染の驚くほど優しい目も。

あの目で見つめられた瞬間、死ぬ恐怖がどこかに吹き飛んだ。さっさと殺してくれとさえ思った。

わたしは何が怖いの？

「はねだ」小蘭は羽田の腕を摑んだ。「なにが、こわい？」

「別れた妻と会えなくなることだ」羽田がぶっきらぼうに答えた。

3

エレベーターが止まった。ゆっくりとドアが開く。羽田はスポーツバッグの中の手榴弾を握り直した。

思ったよりも警官たちは少なかった。私服警官や鑑識をあわせても十人もいず、各々が忙しそうにロビーを行ったり来たりしている。何人かが、エレベーターの中にチラリと目をやっただけで、何も言ってこない。忙しくて、他人にはかまってられないといった感じだ。

羽田は一瞬、拍子抜けしたが、気を取り直してエレベーターを出た。小蘭とサミーも神妙な顔でついてくる。

焦るな……焦るな……堂々と歩け……。

スポーツバッグを抱えたまま、ロビーを横切る。誰もこちらを見ようともしない。

脇の下から汗が垂れてきた。脚が震えて真っ直ぐに歩けない。

落ち着け……深呼吸をして……。鼻から大きく息を吸い、大きく吐き出す。

ロビーの内装は悪趣味だった。極楽浄土をモチーフにしているのか、巨大な蓮の花の絵が壁に描かれている。

でも、ここは天国なんかじゃない。地獄だ。今夜の《大黒グランド》は静まり返っているから余計にわかる。

羽田たちはロビーを突破し、カジノへと入っていった。カジノを抜けないと、上の階に行けないような設計だ。

客たちはわざわざ、ドレスやタキシードを着て、この地獄に足を踏み入れる。いつもは、スロットマシンの派手な音や観光客の活気で楽しげに見えるからタチが悪い。

そのカジノにも、今は人影は数えるほどしかない。

羽田たちは少しだけ早歩きになり、最上階へとつながるエレベーターに向かった。

サミーが、小さく舌打ちをした。

エレベーターの前には、さすがに屈強な警官たちが立っている。三基あるエレベーターの前に、ご丁寧に三人が振り分けられていた。

真ん中が、早朝にガス弾が撃ち込まれたエレベーターだ。黄色いテープが張られ、使用できなくなっている。

羽田は闇雲に逃げて奇跡的に脱出したのだが、《大黒グランド》を出た瞬間に、殺し屋の夫婦に捕まった。あの二人にずっと、尾行されていたとは思わなかった。

羽田は左端のエレベーターを選んだ。その前にいる警官が、一番物分かりが良さそうだったからだ。

羽田は会釈をしてエレベーターのボタンを押そうとした。

「どちらへ？」

物分かりの良さそうな警官が羽田たちの前に立ち塞がった。あとの二人も持ち場を離れて近づいてくる。

心臓が爆発しそうになる。ここは口から出まかせで乗り切るしかない。手榴弾は最後の手段に取っておく。

「これを支配人室に届けるように言われまして」羽田はスポーツバッグをポンと叩いて見せた。

警官たちが顔を見合わす。

「……この方は？」

次に警官たちはサミーを見た。やはり、思いっきり不審がられている。

「警視庁からの応援です」羽田は、サミーのスポーツバッグからノートパソコンを取り出した。

「東京から?」物分かりの良さそうな警官が、訝しげに羽田を見た。

「セキュリティシステムに強いんですよ。父親がインド人のハーフで、去年までアメリカのMITで学生をやってたんだよな」

「は、はい」サミーがペコリと頷く。

「首席で卒業ですよ。すごくないですか。いろんな企業から引っ張りダコだったんです。その中にはグーグルやアップルやNASAの名前まであったんですよ。彼がどれだけ優秀かわかるでしょ」

物分かりの良さそうな警官が目をパチクリさせた。「なんで、そんな優秀な方がここに……」

「母親の故郷で働きたいからなんです。しかも、日本の大企業に技術者として就職が決まっていたにもかかわらず、彼は警察官になる道を選びました。愛する母親を守るために……」

よくもまあ、こんなにスラスラと嘘が出てくるものだ。自分でも感心してしまう。

羽田は警官たちの顔を順に見た。

「どうです？　親孝行でしょ」

＊

警官たちをなんとか丸め込み、運良くロビーを突破できた。

「うそ、はっぴゃくね」

エレベーターの中、小蘭は呆れた顔で羽田を見た。

「別れた妻もよくその顔をしていたな」羽田が肩をすくめる。「『嘘で稼いだお金で子供を育てたくないのよね』って言われたよ」

同感だ。絶対に、こんな男とは結婚したくない。

「すばらしい、ぎじゅつ、とおもいます」サミーが感動した顔つきで言った。

「自慢できる技術じゃねえけどな」羽田が鼻の穴を膨らませた。

最上階に着いた。エレベーターのドアが開く。

「下がってろ」羽田が手榴弾をかまえた。

「……なによ、これ？」小蘭は小声で言った。

なんで廊下に誰もいないの。おかしいわ。この階は今朝、スイートルームの爆破があったから警官や鑑識がいて当然なのに……。

「引き返すぞ」羽田はエレベーターに戻ろうとした。

「ど、どうしてよ？」小蘭が羽田の腕を掴む。

「嫌な予感がする」

「ここまできたのよ？」

そう言いながらも、小蘭にもわかる。こんなに都合良く物事が進むわけがない。罠の可能性が高い。

「様子を見たほうがいい」

「いくしかないでしょ」

逃げても勝負には勝てない。また、愛染の顔が頭に浮かぶ。

わたしは、何が怖い？

今、わかった。結果に怯えて、尻尾を巻いて逃げることだ。

「安全を確認してからだ」

「しょうぶ、しないの」

羽田の腕を掴む小蘭の手に力が入る。長い爪が肉に食い込んだ。

「痛えよ」

羽田が手を振り払おうとしたが、小蘭は放さなかった。

「しょうぶ、するでしょ」

小蘭は逃げることを許さない目で、羽田を見つめた。

「つくづく嫌になるぜ。俺は絵本探偵だったのに」

羽田がスポーツバッグから手榴弾を出し、ズボンのポケットに入れた。「もう、どうでもいいや。支配人室に乗り込むぞ」

4

サミーが、手製のカードキーで支配人室のドアを開けた。

見た目はレンタルビデオのカードに薄いアルミみたいなものを巻いた代物(しろもの)だが、カードタイプのロックキーならほぼ開けられるらしい。

支配人室にも誰もいなかった。

気にするな。先を急げ。

壁に巨大なモニターが埋まっている。

……防犯カメラのモニターじゃねえか？

重厚な机の引き出しを開けてリモコンを探すが、見当たらない。

クソッ。このモニターで、潜入の一部始終を見られていたか？

考えるな。金庫へ行け。

羽田は酒棚を確認した。買収したディーラーの話では、ここにスイッチがあるらしい。ウイスキーの瓶を手当たり次第にどけてみる。

《ワイルドターキー・ライ》の後ろにスイッチがあった。

躊躇(ちゅうちょ)なく、押してみる。モーター音がして酒棚がスライドする。小型のエレベーターが現れた。金庫がある特別室へと行ける直通のエレベーターだ。

「これね……」小蘭が緊張した顔で言った。

エレベーターのドアの横にあるボタンを押した。

サミーがスポーツバッグを開け、ノートパソコンを用意する。

二十秒後、ドアが開いた。

「行くぞ」羽田は先頭を切って、エレベーターに乗り込んだ。小蘭とサミーも入ってくる。大人が三人乗ればギュウギュウだ。

エレベーターの中にはボタンがひとつしかない。

「ちびりそうよ」小蘭がボタンを押した。

あっと言う間に、エレベーターが地下に着いた。

ドアが開いてすぐの場所に、それはあった。

のけぞるほどに、巨大な金庫。直径二メートルはある円型の鉄の扉で、ガッチリと閉じられている。映画で見るような馬鹿馬鹿しいほど頑丈な金庫だ。

「これ……あくの？」小蘭が泣きそうな顔でサミーを見る。

「むずかしくはないでしょう」サミーが首を捻り、コキリと鳴らした。

サミーはノートパソコンを床に置くと、スポーツバッグからコードを数本出して、慣れた手つきで接続しはじめた。

次に小型のドリルを取り出し、金庫の横にあるモニターへと向かう。

素早い動きでドリルを操り、あっと言う間に液晶モニターを取り外した。

「すごい……こうじのひと、みたい」小蘭があんぐりと口を開ける。

完全にプロの窃盗団の動きだ。

ノートパソコンに繋いであるコードを引っ張ってきて、モニターを外した場所に繋ぎはじめる。

「なにしてるの」小蘭が訊いた。

サミーは集中しているのか、小蘭の質問を無視してノートパソコンに何かしら打ち込みだした。ピアニストのようなしなやかな指の動きだ。

「できました」サミーが両手をパンと叩く。「あとは、よみこむだけですね」

「もう？」小蘭がノートパソコンの画面を覗きこんだ。

画面には、ガンジーの画像しかない。

「だれよ、これ？」

「ぼくの、ぱぱです」サミーが、羽田にウインクする。

セキュリティシステムが〝無抵抗〟になるというシャレを利かせているつもりなのか。

「何分かかる？」

「かっぷらーめん、ですね」

「三分ってわけね……」いちいち鼻につくインド人だ。

＊

三分って、こんなに長かったかしら？

小蘭はヤキモキしながらサミーの作業を見守った。サミーはさっきから無言でずっとパソコンのキーをカチャカチャ叩いているだけだ。

本当に開くの？　こんな頑丈そうな金庫がそう簡単に開くとは思えない。

しかも、カップラーメンができる時間で……。

じれったい。羽田も見るからに焦っていた。両足で交互に貧乏揺すりをし、両手を握ったり広げたりしている。

あっけなく、金庫が開いた。

「おまたせしました、です」サミーが、胸に手を当てて仰々しく礼をする。

巨大な円型の扉がゆっくり開いていく。

小蘭は息を飲んだ。頭の中が真っ白になって、ぶったおれそうになる。

「おかねの、やまよ」

金庫の中に、札束が分厚い壁となってそびえ立っている。いったい、いくらあるのか、想像もできない量だ。

これだけのお金があれば……。何の実感も湧かない。脳味噌が痺れた感じがして、何が欲しいとか何を食べたいとか、まったく思い浮かばない。

「すげえな、こりゃ」

羽田の声に我に返った。気を取り直し、もう一度、金庫の中を見る。

そこには、オーシティの欲望が、わかりやすい〝形〟となって積み上げられていた。

羽田とサミーが、フラフラとした足取りで金庫に入っていった。小蘭もそのあとについていく。インクの匂いに酔いそうになる。

三人とも完全な放心状態だ。腹の中に寄生虫がいなければ、全員が狂喜乱舞していただろう。

「金をバッグに詰めるぞ」

羽田の合図で、手当たり次第に目の前の札束を摑んで、スポーツバッグに放り込んでいく。

「詰め込めるだけ、詰め込むんだぞ」

あとで殺し屋の夫婦に「少ない」と因縁をつけられて、虫下しをもらえなかったらシャレにならない。

次から次へと札束をバッグに入れていると、なんだか倉庫で単純作業を強いられている錯覚に陥りそうになってきた。

まるで労働だ。

ようやく、三人のスポーツバッグに札束がギュウギュウに詰め込まれた。大人の男でも持ち上げられないほど重たい。

「どうするのよ」小蘭はスポーツバッグを引きずりながら訊いた。

「あれをつかえばいいのではないですか」サミーが金庫の隅を指す。

台車があった。金をカジノまで運ぶときに使うのだろう。

小蘭たちは急いで台車にスポーツバッグを乗せ、金庫を出た。
ちょうど、エレベーターが最上階から降りてくるところだった。
「やべえ」羽田が呟く。
さっきまで、この地下に停まっていたはずなのに……動いている。
金を詰めることに必死になりすぎて、まったく気づかなかった。
「に、にげなくて、いいのですか」サミーが震える声で言った。
逃げようにも地上に出るには、エレベーターに乗るしかない。
エレベーターのドアが開いた。
「待ちくたびれたで」
愛染京太郎が、銃をかまえながら降りてきた。
い、生きてる……どうして、生きてるのよ……。
そして、愛染の隣には、なぜか盲目の少女が立っていた。

5

「最高の匂いやの」

愛染が両手を広げ、深呼吸をした。

「これ、全部お金?」麦子が鼻をヒクつかせる。

「ああ。唸るほどあるで」愛染がニヤつきながら答える。「さすが《大黒グランド》や。ガッツリ貯めこんどるわ」

愛染が生きている? 殺し屋の夫婦に撃ち殺されたんじゃないのか?

羽田は驚きのあまり腰が砕けて、その場にへたり込みそうになった。

それに、なんで麦子は、父親を殺した張本人と一緒にいるのだ?

わからない。混乱してきた。

わかることと言えば、やっぱり羽田たちはハメられたということだ。

「どこに隠れていたんだ」羽田は、愛染に訊いた。

「スイートルームや。お前らが金庫を開けてくれるのを、首を長くして待っとってん。待ちすぎてキリンになるかと思ったわ」

「どうして、あいぞめと、いっしょなのよ」小蘭が麦子に訊いた。

「ウチら新しくコンビを組んでん」

「コンビ言うても漫才とちゃうぞ」愛染がおどけてみせる。

「うそ、でしょ……まりおちゃんは?」

「死んだ。ウチが殺した」

麦子の答えに、小蘭は目を見開いた。

「なぜ、殺したんだ」羽田が訊いた。

「ウチが生きるためにや」

麦子は堂々と胸を張っている。

「さてと」愛染が両手を叩いた。「さっそく金を屋上まで運んでもらおうか」

「俺たちが運ぶのかよ……」

「お前らの他に誰がおるねん。このホテルには警官は一人もおらへんぞ」

「……どういうことだ？」

「ホテルにまだ爆弾が仕掛けられているという偽の情報を流してん。警官たちはびびって避難しよったわ。爆発物処理班がそのうちやってくるやろうけど、しばらくはひとりにしてもらわんと。この金を警官たちに見られたら、ひとり占めできんからなあ」愛染が得意気に言った。「そういうわけで今、正義の味方の愛染京太郎は、単独でその爆弾を探していることになってるねん」

「単独ちゃうやんか。ウチもおるやん」麦子がムキになる。

「屋上なんかに運んでどうする？」

「ヘリを待たしとんねん。金と一緒に脱出する。頭ええやろ?」

「よう言うわ。ウチが出したアイデアやのに」麦子が愛染の腕を軽く叩いた。

なんだ、この空気感は? まるで、麦子が愛染に恋をしているように見える。

愛染が羽田たちに銃を向けた。「時は金なりや。さっさと運ばんかい」

＊

台車を使って、札束を運んだ。

痛い……。小蘭は腰を押さえて小さく呻いた。運動不足とは言え、札束を運んだぐらいで体の節々が痛くなるなんて情けない。その金が奪われるとあらばなおさらだ。

まずエレベーターに積めるだけ札束を積んだ。支配人室からふたたび、台車を使い屋上のヘリまで運ぶ。

「ヘリが運べる荷物の重さは二千七百キロや」愛染が大声で小蘭たちを煽る。「一億円が約十キロ。二百七十億円いただいて帰るぞ」

エレベーターに七十億円ずつ積み、四往復した。

「おわったら、ころされるのですか」

金を運んでいる途中、サミーが小声で訊いてきた。

「わからん。今は余計なことは考えるな」羽田が悔しそうに下唇を嚙む。殺されるに決まっている。愛染ともあろうものが、共犯者を生かしておくわけがない。

わたしたちはまるで奴隷だ。王のためにピラミッドを作らされたエジプトの奴隷たちもこんな心境だったのだろうか。

「こんなまち、くるんじゃなかたよ」小蘭は泣きそうになった。「わたしたち、さいあくね」

人の金を運んで殺されるなんて最悪の死に方だ。

「最後まで諦めるな。勝負するんだろ」

羽田が励ましてきたが、単なる強がりにしか聞こえなかった。

＊

一時間ほどかかって、積む予定のすべての金を運び終えた。

羽田は肩で息をしながら金庫の中を見た。全身が汗だくだ。金庫の金は、ほとんどなくなってしまった。

札束は六人乗りのヘリの後部座席に隙間なく積み込んだ。人が乗れる空間は残っていない。羽田たちの足元には金の詰まったスポーツバッグがあった。

「ご苦労さん」愛染が羽田たちに向かって拍手をした。「人間が労働する姿はいつ見ても美しい」

激しいモーター音とともに、ヘリのローターが回転しはじめた。操縦席に、パイロットが乗っている。

「……たすけてよ」小蘭が愛染にすがりついた。「なんでも、するから！　ころさないでよ」

「おいおい。汗くさい女やな」愛染が露骨に嫌な顔をする。

小蘭はしゃがみこみ、愛染のズボンを脱がそうとした。

「きもちよくするから」

「なにしとんじゃ。こらっ」麦子が小蘭の髪の毛を掴み、愛染から引き剝がした。

「しにたくないのよ」小蘭が泣きわめいて抵抗する。

「知るか！　ボケ！」麦子が小蘭の顔面を蹴り上げた。

小蘭が悲鳴を上げて転がる。鼻からドクドクと血が出ている。

羽田とサミーはどさくさに紛れて、スポーツバッグを抱えて逃げようとした。

銃声が鳴り響いた。

くそっ……。

羽田はスポーツバッグを置き、両手を上げて振り返った。

「俺の金を持ってどこに行くねん」愛染の銃口は空を向いている。威嚇射撃をしたのだ。

「こ、この金を持っていかないと……俺たちは死ぬんだ」

「腹の中の寄生虫が肛門から飛びだすんやろ」

「……知ってるのか」

「殺し屋のおっさんが、ペラペラと喋りよったからな」

愛染が血まみれのスーツの内ポケットから、小さなカプセルを三つ取り出した。

「それは……」

「虫下しや。おっさんが持っとった。これを飲んだら寄生虫が死ぬらしい」

「もらえるのですか」サミーが、愛染に近づこうとした。

「いや、俺が飲む」愛染がカプセルを三つとも自分の口の中に放り込んだ。「最近、腹の調子が悪いねん」

「そ、そんな……」サミーが崩れるように膝をついた。

ありえねえ。どれだけサディストなんだよ。

「スポーツバッグを操縦席の横に積め」

サミーは動かなかった。

羽田は、スポーツバッグを一つずつ運び、操縦席の横に積んだ。あと、一人が乗れる分ほどしか空間が残っていない。

愛染と麦子がヘリに乗り込もうとした。パイロットが首を横にふる。

「そうか。しゃあないな」愛染が優しい目で麦子を見た。「残念やな。麦子は乗られへんわ」

「えっ……」麦子が呆然と立ち尽くす。

「ヘリに乗せられる重量がオーバーするねん」

「バッグを降ろせばええやん」

「それは無理や。金は一円でも大切にせなアカン」

「ウチは相棒やろ」麦子の声が震える。

「麦子、お前の恐怖は孤独になることや。一人で生きていくことを何よりも恐れてるねん」愛染は、麦子の肩をそっと抱き寄せた。「まずは、それに慣れろ。ここはオーシティや。味方なんて誰もおらへん」

麦子は言葉を発することも頷くこともできなかった。

「あばよ、諸君。元気でな」愛染がヘリに乗り込んだ。「肛門から飛び出してくる寄生虫によろしくやで」

ヘリの機体が、屋上からゆっくりと浮き上がる。

ホテルからオーシティの上空へと飛び立っていった。

二分十五秒……。

「あれで、よかったの？」小蘭が羽田に訊いた。

「ああ。上出来だ。サミーの泣きまねもうまかった」

二分三十秒……。

「アンタら何を言ってんの？」麦子が、違和感に気づいた。

「元探偵の人脈を使ったんだ。あらゆる武器を改造するのが趣味のマニアから、手榴弾を買った。その手榴弾は、ピンを抜いてからちょうど三分で爆発する」

「まさか……」麦子が絶句する。

「スポーツバッグに入れておいた」

操縦席の横に積んだとき、そのピンを抜いた。

羽田は、別れた妻の言葉を思い出した。

『人生の中で、三分間ぐらいは素敵な時間があってもいいでしょ』

麦子が掠れた声で言った。「スポーツバッグに手榴弾を入れるために……ウチの気を逸らしたんやね」

「お前の〝耳〟が愛染を守るのが、一番怖かった」

この作戦は、羽田たち三人が台車で金を運んでいるときに立てた。

別れた妻のカップラーメンの思い出がなかったら、考えつかなかっただろう。

ジャスト、三分。しかし、爆発しない。

「まさか……不発か」

ヘリのドアが開いた。愛染が顔を出す。手には手榴弾が握られている。

「ばれたの?」小蘭が悔しそうに顔を歪ませた。「どうして、ばくはつしないのよ」

「……レバーを握っている限り爆発はしない」

「誰を相手にしてると思ってんの」麦子が誇らしげに言った。「愛染京太郎やで。アンタらよりも一枚も二枚も上手やねん」

「それはわかってる。でも、俺の別れた妻は、それよりもさらに一枚上をいく」

「はあ？　何言ってんの」

「別れた妻はいつも俺を遠くから見守っている」

オーシティの空に、閃光が走った。強烈な爆発音とともにヘリが粉々に砕け散る。

大量の紙幣が、オーシティに降り注いだ。その光景はまるで、神が欲望に溺れる人間に慈悲を与えているようだった。

「な、何で、爆発したんよ……」麦子の髪が爆風で揺れる。

「おかね、ひろわなくちゃですよ」サミーが屋上の出口へと走った。

「そうだな。急がないと、オーシティのギャンブラーたちに全部拾われてしまう」

急いでかき集めれば、殺し屋の女に渡す金ぐらいは拾えるはずだ。

殺し屋の女が、南港で待ってくれてたら、の話だが。

羽田と小蘭も屋上の出口へと走った。途中で、小蘭が立ち止まり、立ちすくんだまま動かない麦子を見た。

「むぎこちゃん……かわいそう」

「ほっておけ」羽田は屋上のドアを開けた。

ここはオーシティだ。人にかまってる暇はない。

6

半月後。

羽田は《涅槃タウン》にいた。

相変わらずギラギラと欲望に目を輝かせた男たちで溢れている。

目当ての店の前に辿りついた。足元がふらつく。朝から何も食べていなかった。寄生虫の件以来、いまいち食欲が湧かない。

あの日、空から降ってくる金をかき集めた羽田たちは、すぐさま南港へと向かった。街は大パニックだった。人々は金を奪いあい、たしか三人が殴られたか撃たれたかして命を落とした。

南港で、殺し屋夫婦の女が待っていた。

金を受け取ると、何も言わずに虫下しをくれた。もちろん、羽田と小蘭とサミーの三人分だ。夫の方が愛染に手渡した虫下しが全てじゃなくてよかったと、心の底から胸をなで下ろした。

殺し屋の女は泣き腫らした目をしていた。シャム猫が化け猫みたいな顔になった。女の愛に少し嫉妬した。羽田が死んでも、別れた妻はこんなには泣いてくれない。

虫下しを飲み、羽田は小蘭とサミーと別れた。

小蘭は自分の生まれ育った村に戻ると言った。「もう、おしっこ、ちびりたくないわよ」とも。

その、二日後、肛門が裂けるかと思うほどの痛みと共に、死んだ寄生虫が便器に出てきた。

まだ、ホルモン屋《十十》は開店前だった。暖簾のかかっていない入口を潜り、羽田は店内へと足を踏み入れた。

カウンターの椅子に座っている千代子が、羽田を見て微笑んだ。カウンターの上には食べ終わったあとのカップラーメンが置かれていた。

「何しに来たの？」

「絵本のお礼を言いに来たんだ」

羽田はカウンターに近づき、別れた妻の手を取った。

「なんであの時、わざわざ届けてくれたんだ？」

「はなむけの品ってところかしら」

　別れた妻はニヤリと笑った。

「で、絵本のお礼だけかしら」

「手榴弾を撃ち抜いてくれてありがとう。もう少しで愛染を逃がすとこだった」

「私の千里眼もたいしたものでしょ」千代子が片目を閉じて、ライフルをかまえる仕種をした。「久しぶりにスコープを覗いたから緊張したわ」

「あの殺し屋夫婦は、昔の仕事仲間なのか?」

「そうね」肩をすくめた。「できれば関わりたくなかったけどね。愛染にお金を独り占めにされたくなかったし」

　千代子はかつて、陸上自衛隊に所属していた。自衛隊を辞めた理由を、彼女は決して口にしない。確かなのはオーシティにやってきて殺し屋になった後、娼婦たちの世話をしはじめたことだけだ。

「私、アナタのところには戻らないわよ」千代子は、首を傾げて言った。その顔は迷惑そうにも嬉しそうにも見えた。「アナタが勝手に来るのはかまわないけど」

「ずっと待ってるよ。君の絵本もまだ見つけてないし」

　羽田は千代子の手の甲にキスをした。懐かしい匂いに思わず涙ぐみそうになりながら言った。

「この街は退屈しない。時間を潰すのにちょうどいい」

エピローグ

熱い。

北川早苗(きたがわさなえ)は、灼(や)けるような喉(のど)の熱さで目を覚ました。

天井にある豆電球が揺れている。そこは見慣れた場所だった。

……南港(なんこう)のコンテナだ。何人もここで干物にしてきたから、忘れるわけがない。

家で眠っていたはずなのに、いつのまにか運びこまれたらしい。

最悪なことに、両手両足を手錠で拘束されて転がされている。口もガムテープで塞(ふさ)がれ、声を出すことができない。

誰？　ワタシにこんな真似(まね)をする奴(やつ)は？

見当もつかない。愛染(あいぞめ)京太郎が死んだあと、オーシティの王になったのはワタシのはずなのに。

ギャランティは夫婦で殺し屋をやっていたころの十倍にも跳ね上がった。誰もがワタシを恐れ、そして、崇拝していたはずなのに。

突然、頭の上から音楽が流れてきた。この曲は……カーペンターズだ。たしか、『イエスタデイ・ワンスモア』……一番嫌いな曲だ。

歌詞の《まるであの頃のように　過ぎ去った日よもう一度》が、女々しくて吐きそうになる。

体を捻(ひね)って、状況を確認した。

少女が、ラジカセを持って立っていた。白いワンピースにサングラスをかけている。

一年前、愛染と一緒にいた少女だ。

そのとき初めて、今日が愛染の命日だと気がついた。

全身の毛がいっせいに逆立った。

「恐怖って、何やろうね？」少女がボソリと言った。「本当の恐怖って、一体、何やろうね？」

涙が出てきた。自分の運命は、もう決まっている。

「ここでカラカラの煮干しにされる恐怖もあれば」少女がラジカセを置き、近づいてきた。「大切な人を失う恐怖もある」

ラジカセが鳴っている。

「私の母さんはね、私を捨てた後、ヤクザに追われて薬漬けにされて死んだの。薬漬けにしたヤクザも許せないけど、母さんを見つけ出した探偵も許さない。そいつがいなければ、母さんは死なないで逃げ切れたかもしれない」

少女は淡々と話し続ける。

「私は父さんと二人になった。その父さんが、私の目の前で殺された。私はついに一人になった。父さんを殺したのは愛染だよ。私はその愛染を愛した。そして、また一人になった」

少女が、口のガムテープを外した。

「た……たすけて」喉が渇きすぎたせいで、掠(かす)れた声しか出ない。

「殺し屋のおばちゃんは何が怖い？」

少女が馬乗りになり、顔を目の前まで近づけてきた。

「ど……どうして？　あ、愛染を殺したのは……ワタシやない……」

「そんなの関係ない。おばちゃんが邪魔なだけやねん」

「じゃ……ま？」

少女が、そっと自分のサングラスを取った。

白く濁った目から涙が溢れていた。
涙の滴が、北川早苗の唇に落ちる。
塩辛い涙だった。それは喉を潤すどころか、痛いほど熱かった。
少女が立ち上がり、サングラスをかけ直した。
「今日からウチがこの街の恐怖や」
少女が豆電球を消した。
一瞬にして、闇が訪れる。

解説

友清哲

木下半太さんとの出会いは衝撃的でした。

おそらくは今から十年ほど前、書店で平積みされている『悪夢のエレベーター』を見て、妙に気になったのが発端です。本来であれば何らかの新人賞の冠でもないかぎり、名を知らない作家のデビュー作に興味を持つことなどありませんから、これはもう直感というしかないでしょう。

数多の作家がしのぎを削る中、わざわざ書店が平台に積んでプッシュするからには、この作品には何かあるはず。おまけに『悪夢のエレベーター』という、シチュエーションを想像させるタイトルもわかりやすくていい。当時、その程度の軽い気持ちで手にしたことを覚えています。

ところが、一読してびっくり。そこには巨匠が手掛けた大作とも高名な純文学作家の私小説ともまるで異なる、独特の世界観があったのです。

冒頭からページを繰る手を止めさせないスピーディーな展開。情景をストレートに伝える筆致。それに何より、「エレベーターに人が閉じ込められる話」という、たったの一言でまとめられるシンプルな構成。何もかもが心地よく、娯楽とはかくあるべしと快哉を叫びたくなる、文句なしの一作でした。

実際のところはどうかわかりませんが、死ぬほど頭を捻って絞り出した創作物というよりも、内から湧き出るアイデアをそのまま描き出したような外連味のなさは、間違いなく木下半太という作家のオリジナリティでしょう。それはあたかも、街で気まぐれに飛び込んだ小劇場で、思いがけず優れた劇団を見つけたような感動でした。

以来、半太さんの存在が頭の中から離れず、それまでに発表されていた既刊作品を買い漁り、次の作品を今か今かと心待ちにする日々が始まります。本作『オーシティ』が世に出たのは、そんな矢先のことでした。

まずは、本作の舞台設定について説明しておきましょう。

オーシティとはオオサカシティの略で、つまり大阪のこと。債務の肥大化によって財政破綻に陥った大阪市が、カジノ導入という荒療治に踏み切ったところ、あっという間にラスベガスやマカオを抜き去り、世界一のギャンブルタウンに成長した——というのが物語の前提です。現実では遅々として進まない日本のＩＲ（統合型リゾート）計画を見ていると、これだけでも何やら痛快ですね。

道頓堀はネオンきらびやかな「道頓堀ストリート」と名を変え、グリコの看板は自由の女神顔負けの巨大「グリコの像」に変貌。さらに道頓堀では豪華な噴水ショーが世界中から集まる観光客を喜ばせるなど、半太さんが奔放に、それでいて冗談交じりに設計した大阪がそこにはあります。

ただし、世界中から金が集まる街になったはいいものの、それと引き換えに凶悪犯罪の発生件数も鰻登り。オーシティとは、非常に物騒で剣呑な街なのです。

主人公は、そんなオーシティで絵本探偵を営む羽田誠。絵本探偵とは文字通り、依頼人が幼少期に親しんだ、思い出いっぱいの絵本を探す探偵のことです。これがファンタジー小説であればなんだか可愛らしい職業ですが、本作はあくまでクライムノベルですから、羽田探偵もしっかりとトラブルに巻き込まれてしまいます。

ある日、アメ村ど真ん中にある自宅で眠っていたところ、街一番の悪党・愛染に目覚まし代わりの火炎瓶を投げ込まれ、叩き起こされた羽田。一体どういう用件かといえば、耳を探してほしいのだと愛染は言います。耳は、愛染にとって特別な人物のものだそうで、一カ月ほど前にやはりオーシティを跋扈する〝耳切り茶谷〟という悪党が切り落としたものでした。

……と、のっけからとんでもない展開ですが、愛染とはオーシティで最も凶悪で誰もが恐れる男ですから、羽田に断る選択肢などありません。

こうしてオーシティを舞台に幕を開けた、絵本探偵による耳探し。もちろん、事がすんなり運ぶはずもなく、実はその耳には重大な秘密が隠されていて、事態は思わぬ方向へ進んでいきます。

密入国の中国人娼婦やら売春宿の女将やら殺し屋夫婦やら、個性豊かなキャラクターが入り乱れる目まぐるしい展開は嘘と裏切りにまみれ、読み手の予想の斜め上を行き続けること請け合い。さらにラストのどんでん返しで読者をしっかり驚愕させる仕上げは、まさに木下半太ワールドの真骨頂でしょう。

本作『オーシティ』の初出は二〇一一年二月。これはちょうど僕が、ぜひ半太さんご自身にお会いしてみたいとの思いを強くしていた時期で、その願いはほどなく叶うことになります。

　インタビューの口実を作り、待ち合わせ場所の喫茶店で「木下半太とは一体どんな人物なのか⁉」と胸を高鳴らせていた僕。果たして、ほどなく現れたのはガタイのいい関西弁のお兄さんでした。

　インタビューが始まると、その作風と同様、こちらの質問にテンポ良く、ふんだんに笑いを織り交ぜながら答えてくれた半太さん。およそ一時間の対話の中には、木下半太作品の妙味をひもとくヒントがたくさん詰まっていました。

　ご存じの方も多いでしょうが、半太さんはもともと文芸プロパーの書き手ではなく、劇団の出身です。故郷・大阪で高校を卒業した後、映画監督を目指して専門学校に通い始めたものの、スクーリングに意味を見いだせず、早々に中退。その直後に仲間と共に劇団を立ち上げて、活動をスタートしています。

　当時は小説家になるつもりなどさらさらなかったそうですが、公開していたブログに編集者が目をつけ、スカウトされる形で作家デビューを果たします。これが冒頭で触れた『悪夢のエレベーター』で、二〇〇六年七月のことでした。

　半太さんいわく、単行本が発売された直後はさほど話題にならず、どちらかといえばひっそりとしたデビューだったようですが、一年後に文庫化されるとたちまちベストセラーになるのですから運命とはわからないもの。

　小説はあくまで創作手段のひとつであり、引き続き舞台など他の活動と並行しながら、いつか自分で映画を撮ってみたいと語っていた半太さん。その『悪夢のエレベーター』が舞台やテレビドラマ、そして映画にまでなるのですから、夢への足がかりとして十分過ぎる成果だったのではないでしょうか。

　半太さんは言います。自分にとって創作とは、壮大な大喜利のようなものである、と。

　たとえば『悪夢のエレベーター』なら、「もしエレベーターに閉じ込められたら……」という状況が先にあり、今回の『オーシティ』なら「もし大阪がカジノタウンになったら……」という設定が先にあるという具合で、そこへさらに、〝こんな展開になったらさぞ困るだろう〟という意地悪なお題をあてていくスタイルなのだそう。

——これ、本作や他の作品を読まれた人なら、よく理解できるのではないでしょうか。本作にしても、万力で睾丸を潰される拷問シーンから幕を開けているほどなのですから……。

　キャスティングされるキャラクターからすればたまったものではないでしょうが、

危機に次ぐ危機、トラブルに次ぐトラブルこそがリーダビリティの源。半太さんが紡ぎ出す世界は一事が万事、そんな発想法で創出されています。だからこそ読者の予想を裏切り続け、一時たりとも息をつかせてくれないわけですね。

　また、これまで発表された作品全体を通して、ワンシチュエーション物が目を引くのも半太さんの特徴のひとつ。これは舞台創作からキャリアを始めた影響と見て間違いないでしょう。

　本作こそギャンブルタウン化した大阪という、少し大きめな舞台装置が用意されましたが、ある時はエレベーター、ある時は飲食店、ある時は冷蔵庫の中と、舞台を限定することで読者は生々しくイメージを湧かせ、スムーズに展開を追えるわかりやすさが生まれます。さらに言えば、物語を閉じられた環境に押し込めることで生まれる制約が、エンタテインメントとして最高のスパイスになる。これも、半太さん一流のストーリーテリングの秘訣でしょう。

　そして何より驚かされるのは、まったくアイデアが尽きる気配のない発想力です。

　僕にとって幸いだったのは、半太さんが同い年の飲み助で、早々に意気投合してたびたび酒席を共にする機会を得られたことでした。ビールジョッキを片手に半太さんはいつも、「今、こんな話を考えてんねん」と、物語のプロットをいくつも語って聞かせてくれます。それも、一つや二つではありません。中ジョッキ一杯を飲み干す間に優に三本以上のプロットを開陳するのが常なのです。

しかも、そのどれもがしっかり木下半太ワールドで、早く読みたくなる面白いアイデアばかり。あまりの出し惜しみのなさにある時、「そういうの、ちゃんとメモっておかなくていいんですか？　忘れちゃったらもったいないですよ」と口を挟んでみたことがあります。すると――。

「ええねん。酒飲んで忘れる程度のアイデアやったら、どうせ使い物にならんから」

そう言ってぷはあとビールを飲み干す半太さんの姿は、創作を心から楽しんでいる様子がありありで、むしろ溢れ出るアイデアを持て余しているようにすら見えたものです。

木下半太とはそんな、エンタテインメントシーンに彗星の如く出現した怪物（けもの）です。

無尽蔵のクリエイティビティが物を言い、創作の領域は次第に漫画原作や脚本、エッセイなど多方面に広がる一方。また、自作『ロックンロール・ストリップ』の映画化にあたっては、ついに悲願の長編映画初監督を果たしました。

多忙に拍車がかかるに連れ、このところ小説家としての活動ペースが落ちているのは少し残念ですが、きっと今宵もどこかで、楽しそうに新たなプロットを語り下ろしているに違いありません。

今後もまだまだ、日本のエンタテインメントシーンをびっくりさせる、さらなる大暴れに期待したいものですね。

——ライター

この作品は二〇一三年六月新潮文庫に所収された『オーシティ―絵本探偵 羽田誠の事件簿―』の副題を変更し、大幅に修正したものです。

幻冬舎文庫

●最新刊
猿神
太田忠司

猿の棲息記録の一切ないその地が、なぜ「猿神」と呼ばれたか、なぜ人が住まなかったのか、誰も知らなかった――。狂乱のバブル時代、自動車関連工場の絶望と恐怖を描いた傑作ホラー小説。

●最新刊
毒島刑事最後の事件
中山七里

大手町で二人の男が殺された。世間がテロに怯える中、刑事・毒島は「チンケな犯人」と挑発し、頭脳戦を仕掛ける。連続する事件の裏に潜む〈教授〉。勝負の行方は――。痛快無比のミステリ！

●最新刊
ドS刑事　二度あることは三度ある殺人事件
七尾与史

次々と配信される謎の殺人動画。追い詰められたマヤは〝師匠〟である収監中のシリアルキラー・杏野雲の協力を仰ぐために東京拘置所を訪れるのだが――。大人気ユーモアミステリー第七弾！

●最新刊
はじまりの島
柳　広司

一八三五年、ガラパゴス諸島に英国船ビーグル号が上陸し、ダーウィンらは滞在を決定する。だが、島内で白骨死体を発見。さらに翌朝には宣教師が絞殺体で見つかって――。本格歴史ミステリ。

●最新刊
彼女たちの犯罪
横関　大

医者の妻の神野由香里は夫の浮気と不妊に悩んでいたが、ある日突然失踪。海で遺体となり発見される。死因は自殺か、それとも――。女の数だけ二転三転、どんでん返しミステリ。

オーシティ

負け犬探偵 羽田誠の憂鬱

木下半太

令和4年10月10日 初版発行

発行人――石原正康
編集人――高部真人
発行所――株式会社幻冬舎
〒151-0051東京都渋谷区千駄ヶ谷4-9-7
電話 03(5411)6222(営業)
03(5411)6211(編集)
公式HP https://www.gentosha.co.jp/
印刷・製本―図書印刷株式会社
装丁者――高橋雅之

幻冬舎文庫

ISBN978-4-344-43235-2 C0193 き-21-22

この本に関するご意見・ご感想は、下記アンケートフォームからお寄せください。
https://www.gentosha.co.jp/e/